电子和信息技术科普系列丛书

信息社会的守护神
——信息安全

冯登国　等编著

电子工业出版社·

Publishing House of Electronics Industry

北京·BEIJING

内 容 简 介

全书共分 9 章，以通俗易懂的方式介绍了信息安全技术及其在现代社会中的应用。主要内容包括：信息安全的核心基础——信息保密技术，信息社会的信任基础——信息认证技术，信息社会的永恒话题——信息系统安全，当今社会关注的焦点——网络空间安全，信息社会的生命线——安全基础设施，信息安全的参考系——信息安全标准，信息安全的度量器——信息安全测评，信息安全的导航仪——信息安全管理。

本书是一本科普读物，内容新颖，通俗易懂，并有一定的趣味性。本书可供国家有关决策部门，从事有关专业的教学、科研和工程技术人员参考，也可供具有中等以上文化程度、有兴趣学习信息安全技术的广大人员参考。

图书在版编目（CIP）数据

信息社会的守护神：信息安全 / 冯登国等编著. —北京：电子工业出版社，2009.9
ISBN 978-7-121-09604-4

I. 信… Ⅱ. 冯… Ⅲ. 信息系统－安全技术－普及读物 Ⅳ. TP309-49

中国版本图书馆 CIP 数据核字（2009）第 174391 号

策划编辑：刘宪兰
责任编辑：史 涛
印　　刷：北京市天竺颖华印刷厂
装　　订：三河市鑫金马印装有限公司
出版发行：电子工业出版社
　　　　　北京市海淀区万寿路 173 信箱　邮编 100036
开　　本：720×1000　1/16　印张：13.5　字数：189 千字
印　　次：2009 年 9 月第 1 次印刷
印　　数：4000 册　定价：30.00 元

序

物质、能量和信息是客观世界的三大要素。18 世纪中叶，以蒸汽机为代表的第一次工业革命开创了人类的大机器工业时代；19 世纪后期到 20 世纪中叶，以电机为代表的第二次工业革命使人类进入了电气化时代；20 世纪下半叶，以电子计算机和互联网为代表的第三次工业革命迅速席卷全球，使人类进入了信息化时代。信息技术已经成为当今世界创新速度最快、通用性最广、渗透性最强的高技术之一，信息技术水平和信息化能力业已突出体现了一个国家的创新能力。

当今世界，微电子技术作为信息技术发展的基础，与光子技术一起，正在迅猛地推动着信息技术的发展。随着半导体材料、光电子材料的不断更新，以及工艺装备技术的进步，集成电路已经进入纳米时代，系统级芯片（SOC，System On Chip，又称片上系统）将成为发展方向，功耗和成本都将大幅度降低。

网络技术则以通信和计算机为基础，加速向宽带、无线和智能方向发展。以超大容量、超高速和超长距离为特征的光通信技术加速应用，通信传输网络的 IP 化进程不断加快，电信网、计算机网和广电网"三网"融合的趋势明显，能够实现人与人、人与物乃至物与物之间随时随地沟通的全新网络环境——泛在网正在变成现实。

计算技术是信息技术产业的核心。高效能计算目前正在向计算密集和数据密集方向发展，驱动着能力计算和容量计算同步提升。高性能计算机和服务器沿着多核 CPU 和多级并行结构，向万万亿次甚至更高水平迈进。量子计算、光子计算、生物计算及人工智能技术可望产生新的突破，计算技术和计算机体系结构面临深刻变革。

与计算机密不可分的软件技术，作为信息技术的灵魂，加快向网络化、智能化和高可信的阶段前进。开放源码的趋势深入发展；操作系统、数据库、中间件正在融合，成为统一的系统软件平台；基于多核CPU和高效能计算机的以操作系统为代表的基础软件、代表"软硬结合、软件固化"趋势的嵌入式软件以及在开放、动态的互联网应用环境下的"软件即服务"，成为软件发展的重要方向。

信息技术的发展也带动了各国在新时期所实施的军事转型，使得军事技术、武器装备、作战思想、作战方式、战争形态和部队建设等都了发生深刻的变化，推动着部队从机械化向信息化的转变。在信息装备的支持下，信息获取和处理能力、武器打击精确度、战场透明度空前提高，战争的突然性、立体性、机动性、快速性及其纵深打击的特点十分突出，拥有高技术优势的一方将具有较强的战斗力，并控制战争的主动权。打赢信息化条件下的战争，已成为当代世界新军事变革的主要目标。

建国60周年来，特别是改革开放以来，我国的信息技术取得了长足进展。1983年，国家决定加快发展电子工业，较早地在电子行业进行了市场化改革，也较早地开始利用外资。进入20世纪90年代后，国家将电子工业确定为国民经济的支柱产业，微电子产业、计算机产业、通信产业、软件与信息服务业全面发展，产业内部结构调整不断加快。进入21世纪后，国家提出了"以信息化带动工业化、以工业化促进信息化、走新型工业化道路"的发展战略，成立了工业与信息化部，强调优先发展信息产业，在经济和社会领域广泛应用信息技术。目前，我国电子信息产品制造业规模居世界首位，近年年平均增长率近30%，许多信息技术产品的产量也位居全球前列。我国在通信、集成电路设计、高性能计算和应用软件等领域的科技进步，取得了较大突破，数字程控交换、移动通信、数字集群通信、光通信技术跨入了世界先进行列。其中，我国掌握核心知识产权的 TD-SCDMA

已成为第 3 代移动通信国际标准之一，万亿次大规模计算机系统、国产高性能计算机和服务器等迈入国际前列，通用 CPU 等一批中高端芯片研发成功并投入生产，集成电路设计水平与国外先进水平差距明显缩小。我国相继研发成功数字电视地面传输技术及数字音频编解码技术，支持了数字电视产业的发展。国产中间件、财务及企业管理软件、杀毒软件等已经具备了与国外产品竞争的实力。在军事应用领域，作为一个国家信息与电子技术水平的重要标志之一的雷达，总体上已追赶至世界先进水平，而以预警机和区域级一体化综合电子信息系统为代表的信息化武器装备的研制成功，则标志着我国信息化武器装备建设也迈上了新台阶，为打赢信息化条件下的局部战争准备了条件。

在这样的大背景下，又正值中华人民共和国成立 60 周年的喜庆之时，我们策划出版一套与信息技术有关的科普系列丛书向国庆献礼，是在充分考虑新形势下的发展需求、关注我国电子和信息技术的发展和建设后继有人的重大问题下想做的一件有益的事情。我们希望这套丛书能够引导广大读者培养学习电子和信息技术的兴趣、更多地了解和掌握电子和信息技术，为将来成为国家信息化建设所急需的人才打下坚实的基础，为实现我国信息技术的可持续与和谐发展贡献力量。

至于这套丛书的名称应该是什么，应该包含哪些技术领域或范畴，是一个值得深入考虑的问题。目前，信息技术的特征，是以电子为主要信息载体，因而信息技术常常称为电子信息技术。由于光子的速度比电子速度快，光的频率比无线电频率高很多，光子技术在存储和通信方面有着电子技术无法比拟的优势，所以信息载体由电子转向光子是一种发展趋势。但是，考虑到光子技术在未来相当长的一段时间内，仍然不会像电子技术一样全面介入到信息技术的发展，因此，丛书的名称，参考中国工程院相关专业领域的学部的名称——信息与电子，而命名为"电子和信息技术科普系列丛书"。全套丛书包括"微电子技术"、"计算机和软件技术"、"通信和网络技术"以及"信息技术在国防中的应用"四大领域，分为

4 个子系列，日后陆续出版。

参加本套丛书编写的作者，都是长期从事信息和电子技术研究的专家，他们在繁重的工作之余，废寝忘食、不辞辛劳，我谨代表编委会向他们致以衷心的谢意！

本书的编写，得到了中国电子科技集团公司电子科学研究院领导的大力支持，得到了电子工业出版社的积极推动，也向他们表示由衷的感谢！

祝贺本丛书的出版！

中国工程院院士

中国电子科技集团公司科技委副主任 王小谟

2009 年 9 月 9 日于北京

 前　言

　　"信息社会"这个词如今已经家喻户晓，人类走过了农业社会、工业社会，正处于信息社会的伟大时代，信息化的大潮正席卷着世界的每一个角落。地球两端，万里之隔，人们能通过互联网与亲朋好友畅快交流，音容笑貌犹如就在眼前，真正是天涯变咫尺；分支机构遍布全球的庞大企业运转有条不紊，各机构协作顺畅，其功能强大的信息系统功勋卓著；分析复杂神秘的生物基因，预测瞬息万变的天气趋势，有了容量惊人的数据库系统和"聪明绝顶"的高性能计算系统，科学家们如虎添翼。总之，人类处处受益于信息化成果并正在信息化这条大道上加速前进，绝不会放慢脚步。

　　然而，阳光之下总会有阴影，人类越依赖于信息系统，信息安全问题就越发凸显。关于信息安全的形形色色的新闻日益频繁地见诸于媒体。世界各国政府在信息安全领域的重视程度正在不断加大，纷纷推出了本国的相关标准、规范或法律，并大力扶持高校和其他科研机构对信息安全问题的研究，并采取各种措施促进信息安全领域的人才培养，以满足本国信息化建设的需要，同时为本国的信息产业发展提供中坚力量。特别是一些信息化进程起步较早，水平较高的发达国家，其信息安全领域的研究水平和产业化程度已相当令人瞩目。而我国目前正处于信息化建设的关键时期，2006年发布的《2006—2010年国家信息化发展战略》更是从战略的高度指出了推进信息化对我国经济建设和国家发展的重要作用，规划出了新时期我国信息化发展的宏伟蓝图。由此可见，我国的信息化建设和信息产业正面临着前所未有的机遇和挑战。正是在这样的时代背景下，信息安全问题越来越引起全社会上下的广泛关注。信息安全领域必须不断提高研究水平以满足经济

建设和国家安全的需要，为我国信息化建设的大踏步前进保驾护航，为创建和谐社会，实现可持续发展贡献力量。

由于信息安全将成为信息社会中任何人、任何时间、任何地方不可或缺的需要，我们应该让人人都成为信息安全的"明白人"，特别是从事信息化建设、信息管理、信息服务的领导和业务人员，更应该心中有数。为了提高全社会的信息安全意识，普及信息安全知识，我们编写了这本初级读物，希望对大家了解信息安全有所帮助。

本书在写作过程中得到了数名领导和专家的指点，在这里对他们表示衷心的感谢。本书共分 9 章。第 1 章介绍了信息安全与现实世界之关系，由冯登国编写；第 2 章介绍了信息安全的核心基础——信息保密技术，由陈华和冯登国编写；第 3 章介绍了信息社会的信任基础——信息认证技术，由张立武和冯登国编写；第 4 章介绍了信息社会的永恒话题——信息系统安全，由赵险峰和冯登国编写；第 5 章介绍了当今社会关注的焦点——网络空间安全，由徐静和冯登国编写；第 6 章介绍了信息社会的生命线——安全基础设施，由冯登国和张立武编写；第 7 章介绍了信息安全的参考系——信息安全标准；第 8 章介绍了信息安全的度量器——信息安全测评；第 9 章介绍了信息安全的导航仪——信息安全管理；第 7 章至第 9 章由连一峰和冯登国编写。全书由冯登国策划和统稿。

由于时间和写作水平有限，本书难免存在不足之处，希望读者批评指正，使其不断充实完善，成为一本高水平的知识性和趣味性并重的科普读物。

冯登国

2009 年 8 月

目　　录

第 1 章
信息安全与现实世界

1.1 信息革命

生产力的革命促进了人类的生存与发展。几千年的人类历史上，主要发生过三次伟大的生产力革命。

第一次是农业革命，它使人类从原始部落的狩猎为生转化为依靠土地，男耕女织，解决赖以为生的衣食问题。

第二次是工业革命，它使人类不但能够利用工具，而且学会利用能源。煤、油、电以及利用能源的机械大大延拓了人类劳动的器官，创造了空前的财富，带来了人类的现代文明。这场革命反映在社会科学上的重大成果是，马克思总结出了社会发展史的科学规律，社会主义从空想走上科学；反映在自然科学上的成就是，人类认识自然规律的研究能力超过了以往的几千年，数学、物理、化学的经典研究奠定了现代科学的基础；反映在人类的生产活动的成就是人们创造财富和抵御自然灾害的能力大大增强。通过车（汽车、火车）、船、飞机、电报、电话、电视，人们的交往空间大大扩大、时效大大提高。人类解决衣、食、住、行、用的能力超过以往任何时代，自然的人向自主的人大大迈进了一步。工业化的早期，革命导师列宁就根据当时的工业革命进程显示的威力，预言苏维埃政权加全国电气化构成人类社会最美好的模式。

21 世纪的科学技术发展，特别是信息科学技术的发展，带来了生产力的又一次革命——信息革命。这场革命早在工业化进程中就开始孕育。20 世纪 50 年代前的电报、电话等通信技术的基础和计算机技术的出现，为 20 世纪 60 年代计算机联网实验提供了最初的条件，20 世纪 70 年代半导体微电子技术的飞跃发展和数字化技术的成熟为计算机网络走出军事的封闭环境以及研究所和校园的象牙之塔奠定了技术基础。美国著名的未来学家阿尔温·托夫勒很早就预感到信息革命的巨大影响，出版了他的"第三次浪潮"等系列名著。他深刻地指出："电脑网络的建立与普及将彻底地改变人类的生存及生活模式，而控制与掌握网络的人就是人类未来命运的主宰。谁掌握了信息，控制了网络，谁就拥有整个世界"。

今天随便在一个书市上，泊来的译著或本土的作品，什么《数字化生存》、《网络为王》、《网络化生存》、《无网而不胜》、《我在美国的信息高速公路上》、《网络中国》等，向我们通俗地展示了信息化的未来。信息是资源，它与物质、能源一起构成人类生存发展的三大支柱，已经成为越来越多的人们的共识。信息社会对人类的满足已经从物质生活的衣、食、住、行、用拓宽到深层精神生活的听、看、想、说、研。现代化的信息手段对于人类的社会管理、生产活动、经济贸易、科学研究、学校教育、文化生活、医疗保健，以至于战争方式都带来了空前深刻的巨大影响。

为了发掘信息革命的巨大潜能，美国率先提出了信息高速公路的构想，倡导实施国家信息基础设施（NII），西方发达国家紧跟着提出全球信息基础设施的倡议（GII），今天又提出了"智慧地球"的理念。我们国家也大力推动着信息化，从"三金工程"（金卡、金关、金桥）的最初倡议发展到今天十数个金字号工程，我国的电信业务以全球最快的速度蓬勃发展。普通百姓从自家走上 Internet 周游世界，这样昨日的天方夜谭成为今天的社会现实。人们热情高涨地推动着信息化，期盼着信息化带来的理想成真。

信息化以通信和计算机为技术基础，以数字化和网络化为技术特点。它有别于传统方式的信息获取、储存、处理、传输、使用，从而也给现代社会的正常发展带来了一系列的前所未有的风险和威胁。

人类社会是一个有序运作的实体。理想、信念、道德、法规从不同层面维系社会秩序。传统的一切准则在电子信息环境中如何体现与维护，到现在为止并没有根本解决，也可能永远无法解决。理念、法规和技术都在发展完善的过程中。

从 Internet 国际互联网的发展来看，最初是美国军方出于预防核战争对军事指挥系统的毁灭性打击提出的研究课题，其后将军事用途分离出去，在科研教育的校园环境中进一步完善解决互联、互通、互操作的技术课题。校园环境理想的技术、信息共享主义使 Internet 的发展忽略了安全问题。20 世纪 90 年代后从校园环境走上了社会应用，商业应用的需要使人们意识到了忽视安全的危害。校园环境涉世不深、缺乏社会责任、对计算机游戏钟爱至深的孩子们中诞生了一批技艺超群的电脑玩家（早年的黑客），许多成为当今社会信息产业界的开拓先驱，也有的成为害群之马。他们的继承者越来越多，在网上存在利益的今天，他们的行为从另一个方面向人们揭示了信息系统的脆弱性，引起人们对信息安全的空前重视。

 ## 1.2 信息安全需求

在信息网络环境中，人们有些什么样的信息安全需求呢？首先，人们意识到的是信息保密。这是一个古已有之的需要，近代历史上成为战争的情报军事手段和政府专用技术。在传统信息环境中，普通人通过邮政系统发封信件，为了个人隐私还要装上个信封。可是到了使用数字化电子信息，以 0、1 比特串编码，在网上传来传去，连个"信封"都没有，我们发的电子邮件都是"明信片"，那还有什么秘密可言。这就是信息安全中的**保密性**需求。同时，人们怎么知道信息没有被篡改，如何有效地发现篡改，这就是信息安全中的**完整性**需求。

人们进一步认识到，在传统社会中，不相识的人们相互建立信任需要介绍信，并且在上面签名盖章。但是在电子信息环境中如何签名盖章，怎么知道信息真实的发送者和接收者，并且在法律意义上做到责任的不可抵赖。这就成为人们归纳的信息安全中的**不可否认性**需求。当然，人们同时希望能够确保实体（如人、进程或系统）身份的真实性，这就是信息安全中的**真实性**（也称可认证性）需求。

人们还意识到信息和信息系统都是它的所有者花费了代价建设起来的。但是，存在着由于计算机病毒或其他人为的原因可能造成的对主人的拒绝服务，被他人滥用机时或信息的情况。这就成为信息安全中的**可用性**需求。

由于社会中存在不法分子，地球上各国之间还时有由于意识形态和利益冲突造成的敌对行为。政府对社会的监控管理行为（如搭线监听犯罪分子的通信），在社会广泛使用信息安全设施和装置时可能受到严重影响，以致不能实施。这就出现了信息安全中的**可控性**需求。

信息化的现代文明之火使人类在知识经济的概念下推动社会发展与进步的趋势已初见端倪，但是同时"信息战"的阴影也已隐约升空。信息安全对现代社会健康有序发展，保障国家安全、社会稳定肩负着不可或缺的重要作用，对信息革命的成败有着关键的影响。要么数字化安全生存，要么在数字化中衰亡——美好和严酷就这样摆在我们的面前。让我们一同祭起信息社会的守护神——信息安全吧，我们需要的是美好的明天。

 ## 1.3　现实世界中的信息安全

信息安全问题在人类社会发展中从古至今都存在。我国春秋时代的军事家孙武（公元前 535—不详）在《孙子兵法》中写道："能而示之不能，用而示之不用，近而示之远，远而示之近。"这显示了孙武对军事信息保密的重视。古罗马统治者凯撒（Caesar）（公元前 100—公元前 44）曾使用字符替换的方法传递情报，例如，将 a、b、c 等分别用 F、G、H 等来表示，这反映了他对通信安全的需求。我国北宋年间，曾公亮（999—1078）与丁度（990—1053）合著的《武经总要》反映了北宋军队对军令的伪装方法：先将全部 40 条军令编号并汇成码本，以 40 字诗对应位置上的文字代表相应编号，在通信中，代表某编号的文字被隐藏在一个普通文件中，但接收方知道它的位置，这样可以通过查找该字在 40 字诗中的位置获得编号，再通过码本获得军令。在两次世界大战中，各发达国家均研制了自己的密码算法和密码机，例如在"二战"中的德国的 ENIGMA 密码机、日本的 PURPLE 密码机与美国的 ECM 密码机，但当时的密码技术本身并未摆脱主要依靠经验的设计方法，并且由于在技术上没有安全的密钥或者码本分发方法，在这两次世界大战中有大量的密码通信被破解。

在现代信息社会中，关于信息安全的形形色色的新闻日益频繁地见诸于媒体：某银行数据库数据被窃取导致客户信息泄露，如网络钓鱼、网络嗅探、木马盗号，客户惶惶不安，银行面临信任危机；某计算机病毒大肆泛滥，如 1988 年出现的"黑色星期五"和莫里斯、1998 年出现的 CIH、1999 年出现的 Happy99、2001 年出现的红色代码、2003 年出现的冲击波、2007 年出现的熊猫烧香，造成无数用户系统瘫痪，相关企业损失惨重；某国军方网络被黑客侵入，如 1996 年美国国家和军队的一些重要的网页先后被黑客攻击，把美国司法部改成了"美国不公平部"，军事机密被人如探囊取物般轻易窃取；某网站提供大量不良信息和不良服务，如网际色情站、视景（Alta Vista），给黄毒泛滥提供了可乘之机，使之成为观淫癖患的虚拟天堂，等等。这样的事件一再提示我们，信息安全问题是社会信息化发展进程中无法回避的客观产物，只有主动积极地面对和解决这一问题才能保证信息化的顺利推进，确保经济、社会的稳定乃至国家的安全。

第2章
信息安全的核心基础
——信息保密技术

信息技术的发展和普及极大地推动了人类社会生产力的发展，与此同时也彻底改变了人类的生活方式。离开信息技术，人类似乎变得寸步难行。但信息的安全保护问题也伴随而来，大到涉及国家安全的国家秘密泄露，小到个人用户隐私信息被非法盗取。信息保密已经作为信息安全的核心基础问题引起了人们的高度重视。信息保密技术的目的是防止敌人破译或窃取系统中的保密信息，目前常用的信息保密技术主要有加密技术、密钥管理技术、隐写技术以及信息泄露防护技术等。

2.1 充满神秘色彩的加密技术

加密技术是通信双方按约定的规则进行某种信息变换的一种重要的保密手段，其目的是使非法用户不能得到真实的信息。加密技术已广泛应用于工作和生活之中，承担对军事、商业机密和个人隐私的保护任务。其中，被保护的信息称为明文，变换后的信息称为密文。加密过程就是将明文通过系列操作变为密文，解密过程就是将密文还原为明文。加密过程中所采取的操作称为加密算法，类似地，解密过程中所采取的操作称为解密算法。在加解密算法中，用来控制操作步骤的一些控制参数信息称为密钥。下面我们将简要介绍一些古典的和常用的加密技术。

2.1.1 富有艺术感的古典密码

在计算机出现以前，加密主要是通过字符之间代替或移位来实现的，我们称这些加密技术为古典密码。古典密码主要有两类，分别是代替密码和置换密码。其中代替密码是将明文的字符替换为密文中的另一种字符，接收者只要对密文做反向替换就可以恢复出明文。置换密码又称移位密码，明文的字母保持相同，但顺序被打乱了。古典密码主要用于军事领域。

第一个有记载的军用密码装置是"斯巴达密码棒"。书写者将字条一圈一圈缠绕在木头棒上，纵向书写。而后将字条松开，传送给接收者。接收者必须把字条缠绕在相同直径的木棒上，才能正确阅读原来的文字。例如，要加密这么一段话：mary is my only love，去掉空格，排成 4×4 的一个方阵：

m	a	r	y
i	s	m	y
o	n	l	y
l	o	v	e

接下来，从第一列开始，竖着就写成 miolasnormlvyyye。斯巴达密码棒采用的方法体现了一种基本思想——换位。

传说古罗马的凯撒大帝为防止自己制定的军事计划被泄露，使用了一种简易的密码：将每个字母的位置后推 3 位，比如 a 变成 d，b 变成 e，……。这样，如果要加密 youaremylove，经过加密就变成了无意义的 brxduhpboryh。该密码称为"凯撒密码"。它体现了一种替代的基本思想。

"凯撒密码"的缺点很快被人们发现：因为一共只有 26 个字母，攻击者最多只要经过不超过 25 次的反推试探，就可以获得明文。后来人们将凯撒密码进行了改进，不再采用后推位数的办法，而是打乱次序，比如 a 替换成 f，z 替换成 m，m 替换成 k，r 替换成 p，……，这就构成了一种简单的基于"置换表"的密码。加密者和解密者必须拥有一份共同的置换表才能进行正常的加解密，我们也称之为单表置换密码。这样似乎增加了密码破译的难度，因为试遍所有的字母替换是一件相当烦琐累人的工作。但是智慧的密码学家提出了频度分析法。它基于这样一种事实：在任何一种语言中，每个字母或者字母组合都有一个相对来说固定的出现频率。例如，在英语中，字母 e 出现的频率在所有字母当中是最高的，其次是 t，然后是 a，……，如表 2.1 所示，而在汉语中频率最高的是"的"。这样，破译这种单表置换密码就变得非常容易：只要统计一下出现密文中每个字母出现的频率，再对照事先人们统计的字母频率表，基本上就能得到正确的明文。一个有趣的现象是：密文越长，实际字母的频率分布就和事先人们统计的字母频率表越吻合，破解也就越容易。早在公元 9 世纪，阿拉伯学者阿尔金迪的著作中就可以找到频度分析法的记载。16 世纪，英国的菲利普斯曾利用这种方法成功破解了狱中的苏格兰女王玛丽策划暗杀英王伊丽莎白的密码信，最终将玛丽送上了断头台。

表 2.1　英文字母出现频率表

字　母	概　率	字　母	概　率	字　　母	概　率
A	0.082	J	0.002	S	0.063
B	0.015	K	0.008	T	0.091
C	0.028	L	0.040	U	0.028
D	0.043	M	0.024	V	0.010
E	0.127	N	0.067	W	0.023
F	0.022	O	0.075	X	0.001
G	0.020	P	0.019	Y	0.020
H	0.061	Q	0.001	Z	0.001
I	0.070	R	0.060		

　　单表置换密码最大的缺陷来自于每个字母都替换成了另一个固定的字母，它无法抵抗频度分析法。16 世纪法国的布莱瑟·维吉尼亚在此基础上提出了多表密码。该密码将某个字母替换成多个字母，称为"维吉尼亚密码"。该密码的特点是将 26 个凯撒密码表合成一个，并引入了"密钥"的概念，即根据密钥来决定用哪一行的密表来进行替换。维吉尼亚密码表的第一行代表明文字母，左面第一列代表密钥字母，如表 2.2 所示。在对明文进行加密时，根据明文字母和密钥字母所在的行列找到所对应的替换字母将明文字母进行替换。我们举个例子，若我们想要加密信息"RETURN TO ROME"，密钥为"CODE"。在加密之前，首先将密钥字母个数扩展到和明文长度一样，方法就是将密钥进行重复，因此得到的完整密

钥为"CODECODECODE"。现在我们看一下如果加密第一个字母"R"，它对应的密钥字母为"C"，这样首先找到对应 C 的那一行，然后在该行找到对应 R 的列，得到字母"T"。以这样的方法加密所有的明文字母得到加密后的密文为"TSWYTBWSTCPI"。

表2.2　维吉尼亚密码表

	ABCDEFGHIJKLMNOPQRSTUVWXYZ
A	ABCDEFGHIJKLMNOPQRSTUVWXYZ
B	BCDEFGHIJKLMNOPQRSTUVWXYZA
C	CDEFGHIJKLMNOPQRSTUVWXYZAB
D	DEFGHIJKLMNOPQRSTUVWXYZABC
E	EFGHIJKLMNOPQRSTUVWXYZABCD
……	……
O	OPQRSTUVWXYZABCDEFGHIJKLMN
……	……
X	XYZABCDEFGHIJKLMNOPQRSTUVW
Y	YZABCDEFGHIJKLMNOPQRSTUVWX
Z	ZABCDEFGHIJKLMNOPQRSTUVWXY

维吉尼亚密码是古典密码学的一次重大革新，它可以很好地对抗频度分析方法。在很长一段时间里，维吉尼亚密码都被认为是不可破译的。直到 19 世纪 60 年代，维吉尼亚密码才被普鲁士军官卡西斯基和英国人巴贝奇破解。历史上以维吉尼亚密表为基础又演变出很多种加密方法，其基本元素无非是密表与密钥，并一直沿用到"二战"以后的初级电子密码机上。

古典密码学在两次世界大战中发展到了巅峰，并留下了一个个惊心动魄的，令人难忘的传奇故事。例如，在第一次世界大战期间，德国间谍曾经依靠字典编写密码。如 26-5-28 表示某字典的第 26 页第 5 段第 28 个单词。但美国情报部门搜集了所有德文字典，只用了几天时间就找出了德方所用的那一本，从而破译了这种密码，给德军造成了巨大损失。在第二次世界大战中，为解决人工加密效率慢的问题，德国人创建了加密信息的机器——Enigma 编码机，如图 2.1 所示，利用它创建加密信息，Enigma 编码机在纳粹德国"二战"初期的胜利中起到的作用是决定性的。后来，终于在 Alan Turing 等人的努力下，于 1940 年破译了 Enigma 三转轮机密码系统，使德方蒙受极大损失。1917 年，英国破译了德国外长齐默尔曼的电报，促成了美国对德宣战。1942 年，美国从破译日本海军密报中，获悉日军对中途岛地区的作战意图和兵力部署，从而能以劣势兵力击破日本海军的主力，扭转了太平洋地区的战局。这些事例充分说明了密码技术在保密中的重要地位和意义。

图 2.1　Enigma 编码机

古典密码充分凝聚了古代人的聪明智慧，在各个领域特别是军事领域中发挥了极大的作用。然而，古典密码体制的安全性在于保持算法本身的保密性，不适合规模化生产。与此同时，用户也无法了解算法的安全性。1949 年 Shannon 发表的里程碑式文章《保密系统的通信理论》，标志着密码学从此走向科学的研究轨道。

2.1.2　最早标准化的密码——分组密码

1977 年，美国的数据加密标准 DES 算法的公布，标志着现代密码学中的一个重要研究分支——分组密码的诞生。分组密码具有速度快、易于标准化和便于软硬件实现等特点，已经在计算机通信和信息系统安全领域得到了极其广泛的应用。

直观地讲，分组密码是将明文按一定的位长分组，各分组分别在密钥的控制下，通过某个置换变换成与明文分组等长的一组密文输出序列。密文分组经过解密运算，还原成明文分组。对于分组密码来说，当给定一个密钥后，若明文分组相同，那么所变换出密文分组也相同。因此为了保证分组密码的安全强度，首先分组长度要足够大。否则，分组密码会保留明文的统计信息，密码攻击者可以有效地穷举明文空间，得到密码变换本身。其次，密钥量要足够大。否则攻击者可以有效地穷举明文空间确定所有的置换。这时，攻击者就可以对密文进行解密，以得到有意义的明文。除此之外，一个好的分组密码还应该满足两个基本原则，即混淆原则和扩散原则。混淆原则指所设计的密码应使得密钥和明文以及密文之间的依赖关系相当复杂，以至于这种依赖性对密码分析者来说无法利用。扩散原则指所设计的密码应使得密钥的每一个比特位影响密文的许多比特位以防止对密钥进行逐段破译，并且明文的每一个比特位也应影响密文的许多比特位以便隐蔽明文的统计特性。其模型如图 2.2 所示。

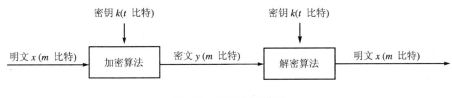

图 2.2　分组密码模型

DES 算法是由美国 IBM 公司研制的，于 1977 年由美国国家标准局正式颁布为联邦信息处理标准，用以保护非密级而敏感的信息在存储和传输过程中免受未经授权的篡改或泄露。DES 算法使用 56 比特长度的密钥，明文和密文分组长度均为 64 比特。明文经过 16 次迭代运算，最终产生 64 比特密文，每次迭代使用的 48 比特子密钥是由原始的 56 比特密钥产生的。DES 算法的结构设计使得加密与解密的流程是完全相同的，区别仅仅是加密与解密使用的子密钥序列的施加顺序刚好相反。DES 的这种结构特点有效降低了实现代价，特别是硬件实现代价。DES 算法的工作原理如下。

（1）输入一个 64 比特的明文 x，经过一个固定的初始变换 IP 得到 x_0，在这里的初始变换是将输入的 64 比特的顺序打乱。令 L_0 和 R_0 分别表示 x_0 的左 32 比特和右 32 比特。

（2）然后进行 16 轮完全相同的运算，根据下列规则计算 L_iR_i，$1 \leqslant i \leqslant 16$：

$$L_i = R_{i-1}$$

$$R_i = L_{i-1} \oplus f(R_{i-1}, k_i)$$

$\oplus$ 表示两个比特串的异或，k_i 是 48 比特的子密钥，它由 56 比特密钥 k 所产生。f 是关于 R_{i-1} 和 k_i 的函数，该函数主要的作用是对输入进行混淆和扩散。它的过程比较复杂，在这里不再描述。

（3）将 L_{16} 和 R_{16} 交换顺序得到序列 $R_{16}L_{16}$，对该序列进行初始变换 IP 的逆置换获得密文 y。

DES 结构如图 2.3 所示。

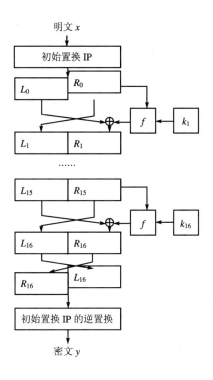

图 2.3　DES 结构图

　　自从 DES 作为数据加密标准被正式公布后，得到了 IBM 等计算机制造厂商的大力支持，并陆续被其他组织机构所采用。1979 年美国银行家协会批准使用 DES，1980 年 DES 又成为美国标准化协会（ANSI）的标准。随后，DES 也受到国际标准化组织（ISO）的关注。DES 曾经是世界上使用最广和最成功的算法，在 POS 机、ATM 机、磁卡及智能卡（IC 卡）、加油站、高速公路收费站等领域被广泛应用，以此来实现关键数据的保密。直到现在，它还在许多场合下被使用。但随着密码分析技术的发展，它的 56 比特密钥长度对许多安全应用已经不够用了。1997 年 1 月 28 日，美国著名的 RSA 数据安全公司在 RSA 安全年会上公布了一项"秘密密钥挑战"竞赛，其中有一项内容是悬赏 1 万美金破译密钥长度为

56 比特的 DES。美国程序员 Verser 从 1997 年 3 月 13 日开始，用了 96 天的时间，在互联网上数万名志愿者的协助下，于 6 月 17 日成功找到了 DES 的密钥，并获得 RSA 公司的 1 万美元奖金。1998 年 7 月电子边境基金会（EFF）使用一台 25 万美元的计算机在 56 个小时内破解了 56 比特 DES。1999 年 1 月 RSA 数据安全会议期间，电子边境基金会用 22 小时 15 分钟宣告完成 RSA 公司发起的关于 DES 的第三次挑战。

为了彻底避免 DES 可能面临的安全问题，1997 年 4 月 15 日美国国家标准技术研究所（简称 NIST）发起了征集高级加密标准（简称 AES）的活动，目的是为了确定一个非保密的、公开披露的、全球免费使用的分组密码，用于保护 21 世纪政府的敏感信息，也希望 AES 能够成为秘密和公开部门的数据加密标准。1997 年 9 月 12 日，在联邦登记处公布了征集 AES 候选算法的通告，分组长度要求是 128 比特，密钥长度分别为 128、192 和 256 比特。1998 年 8 月 20 日，NIST 召开了第一次候选大会，并公布了世界著名密码专家提交的 15 个候选算法。1999 年 3 月 22 日举行了第二次 AES 候选会议，从中选出 5 个算法分别是 MARS、RC6、Serpent、Twofish 和 Rijndael 算法。2000 年 10 月 2 日，美国商务部部长宣布 Rijndael 数据加密算法最终获胜。为此在全球范围内角逐了多年的激烈竞争宣告结束。AES 将取代 DES，成为 21 世纪保护国家敏感信息的高级算法。Rijndael 算法由比利时的密码专家 Joan Daemen 和 Vincent Rijmen 设计，它采用了与 DES 不同的结构，该结构可以保证消息得到更快速的扩散效果，并具有更好的并行性，但它的加解密流程是不相似的。

除此之外，由于密码技术本身的敏感性，各国政府都在研制自己的数据加密标准。例如日本政府推出的用于电子政务的 Camellia 分组密码，以及韩国政府推出的 Aria 分组密码，我国也推出了用于无线局域网产品的 SMS4 分组密码。

2.1.3 一次一密密码的替身——序列密码

序列密码一直是作为军事和外交场合使用的主要密码技术之一，它的理论相对比较成熟，而且具有工程实现容易、效率高等特点，所以已成为许多重要应用领域的主流密码体制。在介绍序列密码的工作机制之前，我们先简单介绍一下一次一密密码体制。一次一密的加密算法是将明文与密钥流逐比特异或得到密文。它的密钥流是一个长的比特串，长度与明文消息的长度一样，且完全随机，每个密钥只能用一次。一次一密是无条件安全的，即具有无限计算资源的密码分析者也无法破译。但一次一密需要和明文等量的密钥，并且密钥要完全随机，因此大大增加了密钥管理的难度。人们试图能够用一种密码体制去尽可能地模拟一次一密密码体制。在该密码体制下，一个短密钥用来生成加密需要的密钥流，该密钥流看上去很随机，但实际上不是随机产生的，我们称之为伪随机序列。在加密时，将消息与产生的伪随机密钥流进行逐比特加密得到密文。这就是序列密码的基本原理，序列密码也称为流密码。其模型如图 2.4 所示。

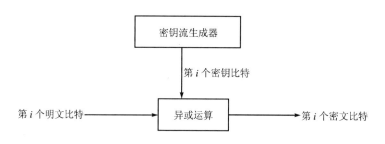

图 2.4 序列密码模型

显然序列密码无法像一次一密密码体制那样提供无条件安全，但人们期望它能达到这样的安全程度，即利用目前最好的计算资源也无法破译系统。为此，伪随机密钥流序列必须满足一些安全性质，如极大的周期，良好的随机统计特性等。序列密码的关键就是产生密钥序列的算法。密钥序列产生算法应能产生具有好的随机性和不可预测性的密钥序列。目前已有许多产生优质密钥序列的算法。

如果密钥序列产生算法产生的密钥序列与明密文无关，我们称这类序列密码为同步序列密码。对于同步序列密码，发送者和接收者必须同步，即发送者和接收者使用相同的密钥并在相同位置操作（即相同状态），方能产生相同的密钥流。一旦发送者和接收者不同步，解密立即失败。同步序列密码的一个优点是没有错误传播，当通信中某些密文字符产生了错误（如 0 变成 1，或 1 变成 0），只影响相应字符的解密，不影响其他字符。但如果通信中丢失或增加了一个密文字符，则收方的解密将一直错误，直到重新同步为止。这是同步序列密码的一个主要缺点。

如果密钥序列产生算法产生的密钥序列与明密文有关，我们称这类序列密码为自同步序列密码。由于自同步序列密码的密钥序列与明密文相关，所以加密时如果某位明文出现错误（如 0 变成 1，或 1 变成 0），就会影响后续的密文也发生错误。解密时如果某位密文出现错误，就会影响后续的明文也发生错误，从而造成错误传播。但自同步序列密码只有有限错误传播，只要接收端连续接收到一定数量的正确密文后，通信双方的密钥序列产生器便会自动地恢复同步，因此被称为自同步序列密码。

现实生活中，许多流密码已经得到了广泛的应用，比如 RC4 算法已被用于许多网络和安全协议中，A5 算法被用于 GSM 网络中，E0 算法被用于蓝牙技术。

与分组密码不同的是，序列密码一直没有相应的国际密码标准算法。1999 年，欧洲委员会开展了一项名为 NESSIE 的计划，它包括了对序列密码标准的制定，但是，经过几轮的评估，没有足够安全的序列密码被选出。2004 年，欧洲又开展了 ECRYPT 计划，启动了一项新的序列密码计划——eSTREAM 计划。2005 年，有 30 多个候选序列密码提交给 eSTREAM。经过层层筛选，到目前为止有 7 个序列密码成为 eSTREAM 计划推荐的序列密码，它们分别是偏于硬件实现的 Grain、Trivium 和 Mickey 算法，以及偏于软件实现的 HC、Sosemanuk、Salsa 和 Rabbit 算法。

2.1.4　密钥可以公开的密码——公钥密码

前面所说的分组密码和序列密码都有一个特点，即加密密钥与解密密钥是相同的或从一个密钥很容易推出另外一个密钥，我们称之为私钥密码体制，也称之为对称密码体制。在对称密码体制中，虽然算法是公开的，但密钥是要保密的，难道密钥可以被公开吗？1976 年，美国的密码学专家 Diffie 和 Hellman 在《密码学的新方向》一文中提出了公钥密码体制的思想，宣告了现代密码学的又一个新时代的到来。

公钥密码体制也称为非对称密码体制，该体制使用两个不同的密钥：一个是公开的，另一个是秘密的。从公开密钥（简称为公钥）很难推断出秘密密钥（简称为私钥）。持有公钥的任何人都可以加密消息，但却无法解密。只有持有私钥的人才能够解密。加密密钥向公众公开，谁都可以使用，而解密密钥只有解密人自己知道。在公钥密码体制中，密钥持有量大大减少。在 n 个用户的团体中进行通信，每一用户只需要持有自己的私钥，而公钥可放置在公共数据库上，供其他用户取用。这样，整个团体仅需拥有 n 对密钥，就可以满足相互之间进行安全通信的需求。除了可以用于信息保密之外，公钥加密的另一用途是身份验证：用私钥加密的信息，可以用公钥对其解密，接收者由此可知这条信息确实来自于拥有私钥的某人。

在公钥密码体制被提出两年后，美国麻省理工大学的三位学者 Rivest、Shamir 和 Adleman 于 1978 年提出了第一个比较完善的公钥密码体制，即著名的 RSA 公钥密码体制，它的取名就是来自于这三位学者的第一个字母。RSA 基于一个十分简单的数论事实：将两个大素数相乘十分容易，但是想分解它们的乘积却极端困难，因此可以将乘积公开作为加密密钥。从公钥和密文恢复出明文的难度，等价于分解两个大素数之积，这是公认的数学难题。

RSA 公钥密码体制描述如下。

（1）选取两个大素数 p，q。

（2）计算 $n = pq$，$\Phi(n) = (p-1)(q-1)$。

（3）随机选取正整数 e，$1 < e < \Phi(n)$，满足 gcd $(e, \Phi(n))=1$，gcd 表示取最大公约数。

（4）计算 d，满足 $de \equiv 1 (\text{mod } \Phi(n))$。将 n,e 作为公钥公开，n，d 为私钥。

（5）对明文 m，$1 < m < n$，加密后的密文为 $c = m^e (\text{mod } n)$，mod 表示模运算。

（6）对密文 c，$1 < c < n$，解密后的明文为 $m = c^d (\text{mod } n)$。

为了便于读者更好地理解 RSA 的加密原理，下面给出一个 RSA 算法的小例子，这里选择的 p 和 q 都比较小。

（1）选择两个素数 p=17，q=11。

（2）计算 $n=pq$=17*11=187，$\Phi(n)=(p-1)(q-1)$=16*10=160。

（3）选择 e=7。这里 1<7<160，并且 gcd(7,160)=1。

（4）确定 d，这里得 d=23，不难证明(7*23) mod 160=161 mod 160=1。

由此可得公钥{n, e}={187，7}，私钥{n, d}={187，23}。设明文消息为 m=88，那么加密时有 88^7mod 187=894 432 mod 187=11，解密时有 11^{23}mod 187=79 720 245 mod 187=88。

RSA 从提出到现在已三十多年，经历了各种攻击的考验，普遍被认为是目前最优秀的公钥密码体制之一。RSA 方法的优点主要在于原理简单，易于使用。但随着整数因子分解方法的不断完善和计算机速度的提高，作为 RSA 加解密安全保障的大整数要求越来越大。目前一般认为 RSA 需要 1024 位以上的字长才有安全保障。密钥长度的增加导致了其加解密的速度大大降低，同时也增加了硬件实现成本，这对使用 RSA 的应用带来了越来越重的负担，从而使得其应用范围越来越受到制约。

除了 RSA 密码体制之外，1985 年 Neal Koblitz 和 Victor Miller 分别独立提出基于椭圆曲线离散对数问题的 ECC 密码体制。经过诸多知名密码学家和数学家多年研究表明，ECC 所基于的离散对数问题更难解。2000 年 10 月，国际密码学界在德国 ESSEN 召开了学术大会（ECC2000），在这次会议上，来自世界各国的密码学家、数学家证明了对 ECC 算法的最快破解效率是高于亚指数级的，而 RSA 算法的最快破解效率是亚指数级的。ECC2000 的召开进一步从学术上奠定了 ECC 算法的安全性，极大地推动了它在世界各国的应用。许多标准化组织已经或正在制定关于椭圆曲线密码的标准，同时也有许多的厂商已经或正在开发基于椭圆曲线的密码产品。

ECC 仅需要更小的密钥长度就可以提供与 RSA 相当的安全性。研究证明，基于椭圆曲线的密码体制使用 160 比特的密钥提供的安全性相当于 RSA 使用 1024 比特密钥提供的安全性。这就大大节省了像智能卡这类资源极度受限的嵌入式系统的存储空间，使得其他程序可利用更多的存储器来完成复杂的任务。而密钥短的特点也大大降低了芯片实现成本。在私钥解密方面 ECC 要比 RSA 快很多，但它的加密速度非常慢。ECC 的这些特点使它必将取代 RSA，成为通用的公钥密码体制。

 ## 2.2　生死攸关的密钥管理技术

密钥是现代加密系统中缺一不可的重要因素。在某种程度上讲，它好比是防盗门或保险柜上的钥匙，如果钥匙不能得到妥善保管，门或保险柜再坚固也是无济于事的。同样的道理，系统的安全性在很大程度上依赖于密钥的安全性，因此如何对密钥进行正确的管理对于保证整个系统的安全性至关重要。密钥的管理包括密钥产生、分配、传递、保存、备份、销毁等一系列问题。

在现代密码学中，密码体制和密钥是分开的。密码体制是公开的，而密钥需要保密。一旦密钥丢失或出错，不但合法用户不能提取信息，而且可能会导致非法用户窃取信息。实践表明，从密钥管理渠道窃取密钥比单纯用破译途径窃取信息要容易得多，代价要小很多。密钥管理的目的是保证密钥的安全，它是数据加密技术中的重要一环，一个好的密钥管理系统应该做到如下几点。

（1）密钥被安全地存储，难以被非法窃取。

（2）即使在一定条件下窃取了密钥也没有用，密钥有使用范围和时间的限制。

（3）密钥的分配和更换过程对用户透明，用户不一定要亲自掌管密钥。

密钥管理技术主要涉及的内容包括过程管理、密钥管理协议，以及密钥分割方法。

2.2.1 过程管理

密钥管理是一门综合性的技术，涉及密钥的生成、分配、传递、保存、备份和销毁等环节，其中每一环节都不容忽视，否则可能造成巨大损失。

密钥的安全强度直接影响了密码系统的安全性，因此密钥管理首先关键的一步是使用安全的算法生成密钥，使得生成的密钥足够随机。例如可以基于混沌理论中的某些函数生成密钥。混沌是自然界中普遍存在的运动状态，它具有非线性、蝴蝶效应以及长期预测的不可能性等特征，因此可以保证生成序列是随机的。

密钥的分配是指产生并使使用者获得一个密钥的过程，它一直以来就是密钥管理中重要而薄弱的环节。传统的方法是采用人工分配的方式，即通过信使护送密钥。这种方法的安全性完全取决于信使的忠诚和素质，因此很难完全避免信使被收买。现在主要是利用网络进行自动分配。目前一个主流的密钥分配方式是借助一个密钥分配中心（简称 KDC）来分发密钥。每个用户只需保管与 KDC 之间使用的密钥加密密钥，而 KDC 为每个用户保管一个互不相同的密钥加密密钥。当两个用户需要通信时，需向 KDC 申请，KDC 将工作密钥用这两个用户的密钥加密密钥分别进行加密后送给这两个用户。对于非对称密码体制，KDC 通过建立用户的公开密钥表，在密钥的连通范围内进行散发。用户在进行保密通信前，首先产生一个工作密钥并使用对方的公开密钥加密传输，对方用自己的私钥进行解密后可以获悉这个工作密钥。密钥分配结构图如图 2.5 所示。

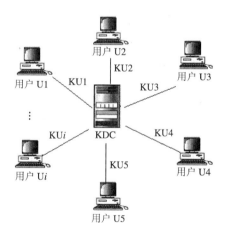

图 2.5 密钥分配结构图

密钥的传递分集中传送和分散传送两类。集中传送是指将密钥整体传送，这时需要使用另外一个密钥（称之为主密钥）来保护会话密钥的传递，并通过安全渠道传递主密钥。分散传送是指将密钥分解成多个部分进行传递，只有足够部分到达才可以恢复密钥，这种方法适用于在不安全的信道中传输。

密钥如何安全地存放也是一个很重要的问题。密钥存储时必须保证密钥的机密性，所有存储在密码设备中的密钥都应以加密的形式存放，操作口令应由密码操作员掌握。这样即使硬件设备丢失，也能保证密钥系统安全。与此同时密码设备还应做到：无论通过直观的方法还是自动的方法（如 X 射线，电子等）都不能从密码设备中读出密钥相关信息。除此之外，密码设备还应有防篡改装置。当敌人试图通过打开某些关键密码部件时，被存储密钥会自动清除。对于某些机密性要求程度高的场合，可以考虑将密钥进行分散保存。分散保存的目的是尽量降低由于某个保管人或保管装置的问题而导致密钥的泄漏。

如果用户由于某种原因丢失密钥，被加密的数据则会因无法解密而造成数据的丢失。例如，在某项业务中的重要文件用对称密钥加密，而对称密钥又被某个用户的公钥加密起来，假如该用户的解密私钥丢失了，这些文件将无法恢复。为了避免这种情况的发生，需要对密钥进行备份，密钥的备份可以采用和密钥的分散保存一样的方式，以免知道密钥的人太多。

当密钥过了使用期限时，需要及时对密钥进行销毁，以减少泄漏的可能性。所有存放有这些密钥的介质都应该及时删除，使用任何的物理或者电子方式都无法恢复。销毁要有管理和仲裁机制，否则密钥会被有意无意的丢失，从而造成对使用行为的否认。当密钥超出其生存期时，在销毁密钥材料的同时，也要把相应的备份一并销毁。

◢ 2.2.2 密钥管理协议

在密钥管理过程中，需要执行一系列的安全协议来保证密钥被正确地生成、分配，其中比较重要的有密钥协商协议和密钥分配协议。

密钥协商协议是通过两个或多个成员在一个公开的信道上通信联络建立一个秘密密钥。在密钥协商协议中，密钥的值是两个成员提供的输入的一个函数。第一个也是最著名的密钥协商协议是 Diffie-Hellman 密钥协商协议。下面针对用户 U

和 V 说明一下该密钥协商协议的具体工作机制。

U 首先选取一个随机数 a_U，然后计算 $b_U = a^{a_U}$，并将 b_U 发送给 V。同样，V 首先选取一个随机数 a_V，然后计算 $b_V = a^{a_V}$，并将 b_V 发送给 U。

当会话结束时，U 计算得出 $(b_V)^{a_U}$，V 计算得出 $(b_U)^{a_V}$。显然，$(b_V)^{a_U} = (b_U)^{a_V}$。图 2.6 描述了 Diffie-Hellman 密钥协商协议的协商过程。

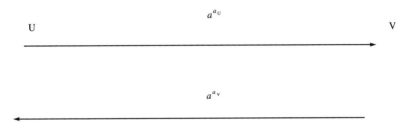

图 2.6　Diffie-Hellman 密钥协商协议流程图

密钥分配协议是这样的一种机制：系统中的一个成员先选择一个秘密密钥，然后将它传送给另一个成员。人们希望设计出的密钥分配协议满足两个基本条件，首先传输量和存储量都比较小，其次每一对用户 U 和 V 都能独立地计算一个秘密密钥 K。

目前已出现了若干个密钥分配方案，其中一个比较有代表性的方案是 Blom 密钥分配方案。在有 N 个用户的保密通信网络中，为了方便起见，假定密钥从集合 S 中选出，S 含有 p 个元素，p 为素数，$p \geqslant N$。可信中心给每个用户在一个安全的信道上发送 S 中的两个元素，每两个用户 A 与 B 都能计算一个密钥 $K_{AB}=K_{BA}$。下面是 Blom 密钥分配协议的具体过程：

（1）公开一个素数 p，每个用户 A 公开一个元素 $r_A \in S$，这些元素 r_A 互不相同；

（2）可信中心随机从 S 中选择三个元素 a，b，c（可以相同），并构造函数

$$f(x，y)=[a+b(x+y)+cxy]\ (\mathrm{mod}\ p)$$

（3）对每个用户 A，可信中心计算函数值

$$g_A(x)\equiv f(x，r_A)\ (\mathrm{mod}\ p)$$

并将 $g_A(x)$ 在一个安全信道上传送给 A；

（4）如果用户 A 与 B 想通信，那么 A 与 B 分别计算密钥如下

$$K_{A，B}=f(r_A，r_B)=g_A(r_B)\ (\mathrm{mod}\ p)$$

$$K_{B，A}=f(r_B，r_A)=g_B(r_A)\ (\mathrm{mod}\ p)$$

由于 $f(r_A，r_B)=f(r_B，r_A)$，故他们可使用共同的密钥 $K_{AB}=K_{BA}$ 通信。

2.2.3 秘密共享

在电影或电视剧中，我们常会看到这样的情节：某个藏宝图被分成若干部分，为了得到藏宝图必须搜集藏宝图的所有部分；或者是某种武林秘籍的拥有者，为了防止秘籍落入坏人之手，将秘籍分成几部分。同样，对于一个机密数据 K（例如密钥），若只交给单独一个人保管，一旦丢失或者"泄露"，就会造成严重后果。如果同时让几个人都保管，则减少了丢失的可能性，但增加了泄露的可能性，所以理想的办法是用某种方法将 K 分成几部分，由几个人分别保管其中一部分，只有当这些人，或者其中一部分人都同意时，将他们保管的部分凑在一起，才能得到机密数据 K，这就是秘密共享的基本思想。这些情况都需要将秘密进行分割。

秘密共享是将共享的秘密在一组参与者之间进行分配，以达到多人掌管秘密的目的。它降低了密钥丢失的风险，因而是密钥管理中保护密钥安全性的重要手

段之一。秘密共享的概念最早是由密码学者 Shamir 等人于 1979 年提出的，并给出（s,n）门限秘密共享方案。它将秘密 K 分割成若干个信息给 n 个人，使得每一个参与者都得到关于该秘密的一个份额。设有 n 个人参与一个秘密共享方案，任意 s 个参与者的信息凑在一起就能得出 K，而任意不足 s 个参与者的信息凑在一起不能确定 K。

门限秘密共享方案可以利用多项式的一个性质去实现，即知道 n−1 次多项式函数上的任意 n 个点就能恢复出整个多项式。因此，如果要实现（s,n）门限秘密共享方案，可以把信息编码为一个 s−1 次多项式 f，然后把 f(1)，f(2)，f(3)，…，f(n) 的值告诉 n 个秘密共享者。任意 s 个秘密共享者只需解一个 s−1 元线性方程即可恢复原文件。

秘密共享是现代密码学的重要组成部分，也是门限密码学的基础，它为密钥的分散管理提供了一种较为理想的手段。

2.3　具有传奇色彩的隐写技术

隐写术利用一种"看不见"的通道来实现两方或多方通信。它将一个消息隐藏在另一个载体消息中，由于在隐藏后外部表现的只是载体消息的外部特征，故并不改变载体消息的基本特征和使用价值。隐写术的最大优点是除通信双方以外，任何第三方都不知道隐藏消息存在这个事实，这就较之单纯的加密技术更多了一层保护。

在小说或影视剧中，我们常会看到这样的情节，主人公为了将机密信息成功送出，使用米汤写字，接收方需要用碘酒使其显现。另外还有黑社会犯罪团伙之间使用的暗语、赌场中作弊使用的一些看似漫不经心的小动作等。以上这些情况都属于信息保密技术中的隐写技术范畴。

隐写术的英文词是 Steganography，该词来源于希腊词汇 stegons 和 graphia，意思是"隐藏"（cover）和"书写"（writing），是一种保密通信技术，通常解释为把秘密消息隐藏于其他信息中，其中消息的存在形式较为隐秘。它将秘密信息嵌入到看上去普通的信息中进行传送，以防止敌人检测出秘密信息。隐写术与加密技术的出发点是不同的。在加密技术中，第三方很清楚哪些数据已经被加密了，只是内容还不清楚。但隐写术可以隐藏秘密信息存在这个事实，这就是隐写术的优势。

隐写术是信息保密领域中最古老也是最具有传奇色彩的分支，它的应用可以追溯到非常久远的年代。"史学之父"希罗多德记载了公元前 5 世纪希腊与波斯的一场战争，希腊人把蜡涂在刻有文字的木板上传递军情。另外，在古希腊，希斯泰乌斯为了安全地把指令传送给米利都的阿里斯塔格鲁斯，怂恿他起兵反叛波斯人，想出一个绝妙的主意：他剃光送信人的头，在头顶上写下密信，一待他的头发重新长出来，就立即将他派往米利都。这可以算作"隐写术"的前身了。随着时代的发展，隐写术呈现出许多丰富的表现形式。

一种比较常见的隐写术是将信息隐藏在看似普通的文字当中，如在书中所选字母下面扎孔，它们可以拼出完整的信息内容。在英国，这种做法曾盛行一时，当时寄信在英国价格不菲，但邮局寄送报纸却是免费的，于是，一些家庭通过在报纸扎上肉眼几乎看不到的针孔来传递信息。另外在十六七世纪的欧洲，还曾盛行在音乐乐谱中隐藏消息。德国发明家 Schott（1608—1666）曾在其著作 Schola Steganographic 中，阐述了通过每个音符对应于一个字符的方式在音乐乐谱中隐藏消息，如图 2.7 所示。另外德国音乐家 Bach 还提出了另一种基于音符的出现次数的方法来隐藏消息。

图 2.7　Schott 提出的将字母表中的字母映射到音符

值得一提的是，中国古代的藏头诗也属隐写术的范畴。例如《红楼梦》中的一首《交趾怀古》

铜铸金镛振纪纲，

声传海外播戎羌。

马援自是功劳大，

铁笛无烦说子房。

在该诗句中，将每句的第一字提出，得到"铜声马铁"。"铜"与"同"同音，"马"与"骂"谐音，再保留"铁"字的金字旁，得到——同声骂金！原来这是一首反清的"藏头诗"！"金"指满清，满清以前称"后金"。

随着现代信息和多媒体技术的发展，隐写术的表现形式也愈发丰富。其中将秘密信息编码嵌入到数字图像中是目前使用最广泛的一种隐写技术。它利用了人类视觉的某些弱点。即对数字图像的某些区域，人类视觉并不敏感。图像中发生微小变化，靠人眼是看不到改变的。例如，一个 24 位的位图中的每个像素的三个颜色分量（红，绿和蓝）各使用 8 个比特来表示，每个颜色对应的 8 位的数值决定了该颜色的深度。如果我们只考虑红色的话，就是说有 256 种不同的数值来表示深浅不同的红色。而像 11111111 和 11111110 这两个值所表示的红色，人眼几乎无法区分。因此，代表红色的最低有效位就可以用来存储颜色之外的信息。如果对绿色和蓝色也进行同样的操作，一个像素可以隐藏 3 个比特的信息，因此可以在差不多 3 个像素中存储一个字节的信息。

还有一种针对数字音频的隐写技术。音频中的隐写是根据人类听觉系统一些特点来进行的。众所周知，对相同频率的音频信号，人与人之间的敏感度有很大差异。听觉系统中存在一个听觉阈值电平，低于这个电平的声音信号就听不到，听觉阈值的大小随声音频率的改变而改变，每个人的听觉阈值也不同。大多数人的听觉系统对 2～5kHz 之间的声音最敏感。一个人是否能听到声音取决于声音的频率，以及声音的强度是否大于该频率对应的听觉阈值。根据人类听觉系统的这一特性，可以计算出各频率的强度，然后将秘密信息嵌入到比这些频率强度低的各频率中去。另外还可以对回音进行处理，使其强度低于人能听到的范围，然后将秘密信息隐藏在回音里。

科学的不断进步为这古老而富有生命力的隐写术领域引入更多的内涵，相信会有更多的应用领域等着科技工作者去挖掘隐写术以及相关技术的应用价值。

 ## 2.4　巧妙的信息泄露防护技术

除了以上技术之外，还有一种重要的信息保密手段，就是对在使用信息技术的过程中可能造成的信息泄露进行一定的防护。目前存在的信息泄露主要分为物理信息泄露和数字信息泄露两种。其中物理信息泄露主要表现在电磁泄漏，如显示器视频信号的电磁泄漏，键盘按键开关引起的电磁泄漏以及打印机的低频电磁泄漏等。数字信息泄露主要表现在病毒软件盗取用户信息，数据遭到窃取等。针对这些问题，目前也出现了许多信息泄露防护技术，如电子隐蔽技术，物理抑制技术和软件防护技术等。

1985 年 2 月，在英国广播公司（BBC）"明日世界"栏目 5 分钟的电视节目里，播出了对计算机电磁泄漏发射进行接收的神奇表演。节目中首先展示了停在一座大楼前的一辆篷车，渐渐转为近景，篷车内的电视屏幕上显示出一份文件，解说员说明该文件来自远处大楼内的计算机屏幕。该节目来自于荷兰工程师 Van Eck 对计算机 CRT 显示器泄漏发射研究的部分结果。1985 年 3 月，Van Eck 在法国召开的第三届计算机通信安全防护大会上，在改装的黑白电视机屏幕上，把计算机视频显示单元上的显示信息复现了出来。Van Eck 的研究结果引起了强烈的国际反响，人们开始对电磁辐射可能造成的信息泄露问题开始关注。

计算机及其外设在工作时，都会产生不同程度的电磁泄漏。如主机中各种数字电路的电磁泄漏，显示器视频信号的电磁泄漏，键盘按键开关引起的电磁泄漏，打印机的低频电磁泄漏以及通信设备和电源线等都会产生电磁泄漏。上面所介绍的 Van Eck 的研究针对的即是 CRT 显示器的电磁泄漏。

此外，键盘是计算机中最通用的输入设备，也是除显示器外最容易发生电磁泄漏的设备。当按不同的键时，频谱仪接收到的谱线发生频移，按信息的相关原理分析，所得的谱线与按键信息相关，这就说明了其中含有键盘的扫描码信息，如图 2.8 所示。

印制电路板也是一种主要辐射源和潜在的信息泄露源。时钟电路、振荡电路和信息处理电路板（PCB）也会产生泄露辐射，辐射的频谱是窄带和宽带辐射的叠加，频率范围是几兆赫至数百兆赫。特别值得注意的是时钟信号，它虽然不直接代表有用信息，但它是周期性信号，和视频信号有分频的关系，其频谱是一系列以时钟为基

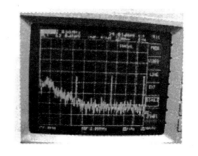

图 2.8　键盘的传导发射特性

频的窄带谱，幅度不大，但能量集中，其频谱能覆盖主板上的信号频谱，可以起到一种载波的作用，从而加强了信息的泄露。

除了电磁泄漏之外，还有一种信息泄露，称为传导泄露，它主要通过各种线路和金属管传导出去。例如，计算机系统的电源线，机房内的电话线等都可能作为传导媒介。这些金属导体有时也起着天线的作用，将传导的信号辐射出去。在这些泄漏源中，最大量和最基本的辐射源是载流导线。

除去上述基于物理的信息泄露途径外，还有一种基于数字的信息泄露方式。数字的信息泄露主要指数据在计算机或者外设进行存储、处理、传送等过程中，被别人非法窃取，主要表现为以下几个方面：某些恶意代码、特洛伊木马或有些智能软件等，可以在不知不觉中偷取用户数据；数据受到越权访问或破坏；数据在传输过程中受到窃听、破坏或仿造；用户本人操作疏忽导致将公司机密信息进行共享。

针对上述信息泄露问题，目前已经出现了很多种信息泄露防护技术。这些技术大致上可分为三大类，分别是电子隐蔽技术、物理抑制技术和软件防护技术。

电子隐蔽技术的目的是掩饰和隐蔽计算机的工作状态，使得窃收和解译工作难以实现，它主要包括干扰、跳频等技术。下面以相关干扰技术为例来说明电子隐蔽技术。这种技术利用相关干扰器发出的信号来扰乱电磁辐射信号，并且这种信号可以自动跟踪计算机的电磁辐射信号，这样保证了即使有人接收到电磁辐射信号也无法得到信号中的真实信息。因为相关干扰技术不需要掩盖计算机本身已经产生的电磁辐射信号，所以相关干扰器的发射功率不需要很强，从而对环境的电磁污染也很小。相关干扰器体积小巧，价格适宜，效果显著，很适合应用在个人计算机上。目前我国已经能生产出这种相关干扰器，例如专用的计算机视频信息保密器实际上就是一种相关干扰器。

物理抑制技术则是通过屏蔽或从线路及设备入手，抑制一切有用信息的外泄。物理抑制技术可分为包容法和抑源法。

包容法对计算机各个系统部件乃至整个设备采取屏蔽措施，或者将计算机及其外部设备置于高性能屏蔽室中，从而阻止电磁波的外泄。屏蔽室的外观呈长方体或正方体，由导电性能良好的金属网或金属板建成。它可以将产生电磁辐射的计算机设备包围起来，并且良好接地，从而抑制和阻挡电磁波在空中传播。屏蔽室的设计及安装施工的成本相当高，并且外观比较特殊，使别人一看就知道该计算机正在处理机密信息。因而包容法只适用于一些保密等级要求较高，较重要的大型计算机设备或多台小型计算机集中放置的场合。

抑源法则是从线路和元器件入手，从根本上解决计算机及其外设的电磁泄漏问题。这种方法设计的计算机和普通计算机外观相同，但通常采用低辐射设备，并选用电压和功率较低的元器件，如电源滤波器、信号滤波器以及电磁波的透明膜等。

软件防护技术则是研究如何用软件来实现信息的屏蔽和降低辐射泄露。其中比较典型的软件防护技术是 Soft-tempest 技术、数据压缩和加密，视频显示加密和特洛伊软件技术等。

Soft-tempest 技术最早是由英国剑桥大学计算机科学实验室的两位研究人员 M.G. Kuhn 和 R.J.Anderson 在研究如何有效实现软件防盗版技术时发现并推广应用的一项新技术。在研究欧洲市场的盗版现象时，Kuhn 和 Anderson 发现简单地采用破门而入的方法检查对方是否使用的是盗版软件，在实际操作中存在很大困难，在法律上也是不可行的。针对这种情况，他们提出了通过无线电从远程接收软件的序列号的方法，仔细研究了通过显示器视频发射广播软件序列号的可能性，并通过实验证实了这一点。这种技术不会引起被检测者的注意，因此对于检查盗版现象十分有效。如果将此技术反过来用，则可以对视频显示信息起到很好的保护作用。1998 年 Kuhn 和 Anderson 在英国和美国申请了该项技术的专利。

图 2.9、图 2.10 是采用 Soft-tempest 技术来保护视频信息的一个例子。经过对比我们很容易的发现，本来很清晰的视频信息，经过 Soft-tempest 技术处理之后，

字符的清晰度大大降低了。

知心爱人

让我的爱伴着你直到永远，你有没有感觉到我为你担心。

在相对的视线，你才发现什么是爱。

你是否也在等待，有一个知心爱人。

把你的情记在心里直到永远，漫漫长路能有不变的心。

在风起的时候，让你感受什么是暖，

一生之中最难得，有一个知心爱人。

不管是现在，还是在遥远的未来，我们彼此都保护好今天的爱，不管风雨再不再来。

从此不再受伤害，我的梦不再徘徊。

我们彼此都保存着那份爱，不管风雨再不再来。

图 2.9　滤波前字符

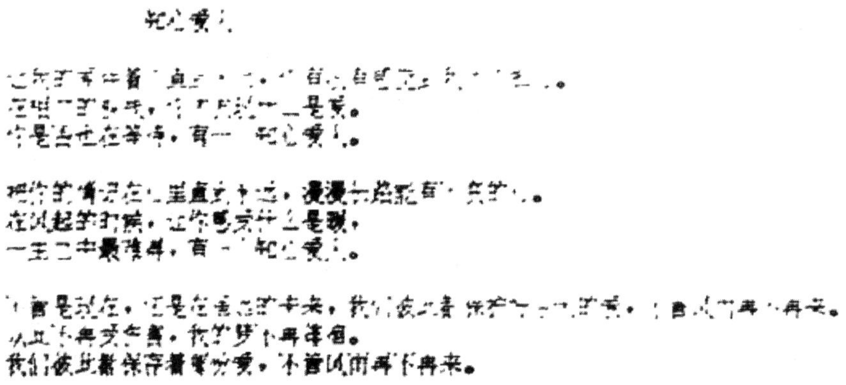

图 2.10　滤波后字符

数据压缩和软件加密方法是将传输数据进行压缩和加密，从而增加了接收和破译的难度。即使电视接收系统接收到了加密后的辐射信息，也很难破译，这样就确保了机密信息的保密与安全，从而达到了防泄露目的。

视频显示加密主要是通过改变视频显示方式实现对视频信息的加密。例如，常规电视机与显示器在图像构成和显示机制上有相似性，因此可以用电视机接收显示器辐射信息。为避免这种信息泄露，可以按一定规则改变显示屏幕的行扫顺序，并通过密码键来加以选择和控制。这样即使接收到了泄露信息，如果没有辐射信息的行扫顺序或利用复杂的自动译码设备是不可能破译它的。

除此之外，还有一种特洛伊软件可以起到防护信息泄漏的作用。这种软件事先被秘密嵌入到被保护系统中，它产生一种容易监测的、周期的伪随机信号。如果该信号被"敌方"检测到将在其系统内产生一种警告性或破坏性的操作。

第 3 章
信息社会的信任基础
——信息认证技术

认证（也称鉴别）是信息社会中信任的基础，认证用于对抗实体（人、用户、系统、设备、进程或消息等）的假冒攻击，提供完整性、真实性和非否认性等功能，认证包括身份认证和消息认证。身份认证用于鉴别实体的身份是否是合法用户；消息认证就是验证所收到的消息确实是来自真正的发送方且未被修改的消息，也可以验证消息的顺序和及时性。

认证技术中首当其冲的是身份认证（也称身份识别）技术，它包括计算机系统（或设备）对用户、设备对设备进行的身份识别和确认。一般来说，被认证者主要可以通过以下方式获得认证：① 告知知道某事，例如口令；② 证明掌握某物，例如非对称密钥或对称密钥；③ 展示具有的特性，例如指纹和所处的网络地址。认证技术还包括消息认证技术和防伪技术，消息认证技术认证消息的来源、完整性、不可否认性等，最常用的消息认证技术就是数字签名技术和消息认证码（MAC）技术。防伪技术用于数字版权的保护和认证，数字水印技术是一种最常用的防伪技术，可为数字媒体提供不可见的认证标志。

3.1　可信的身份认证技术

在现实生活中，我们在许多场合都需要验证人的身份：在军营放哨进入营区时要求对口令；进考场时要求出示准考证；而在日常生活中，我们可能直接根据他的面貌、走路方式、说话声音等特征来识别身份。在网络上，往往不能直接看到对方的体貌特征，因此有"在互联网上，没人知道你是一条狗"这么一句名言，但是有了身份识别技术，那就可以分毫不差的知道正在上网的是不是条狗，而且还能知道是条什么样的狗。

3.1.1　身份认证的基本原理

与现实生活中验证身份的原理差不多，身份识别的原理主要分为三种：首先是根据你知道什么来证明你的身份，例如某些只有你自己知道的暗号、密码，或者特有的秘密，通过询问这个信息就可以确认你的身份；其次是根据你所拥有什么东西来证明你的身份，假设某一个东西只有你自己拥有，现实生活中可能是一块玉佩、一个证件，在计算机系统中可能就是智能卡（又称 IC 卡）、UKey 等；在计算机中通过特殊技术出示拥有的这种凭证就能确认你的身份；再次是根据你具有的生物特征来识别你的身份，像指纹识别、虹膜识别、语音识别、人脸识别、DNA 鉴定等。

3.1.2 身份认证的分类

按照身份认证的对象不同，可以将身份认证分为计算机（设备）对人的认证、设备对设备的认证。比如人登录系统、登录网络等，都是计算机对人的认证；而在网络上进行通信的时候，两台计算机也经常需要互相确认是不是自己要通信的那台机器，因此就有设备之间的认证。

按照身份认证的环境不同，可以将身份认证分为本地认证和远程认证，登录个人操作系统（如 Windows）就是本地认证，而登录网络系统（如 QQ）就是远程认证。本地认证一般可以采用口令、智能卡、UKey、指纹识别等，远程认证一般采用口令、基于密钥的认证（对称密钥、证书等）。在远程认证过程中，需要通过复杂的网络环境，可能遭遇窃听、中间人攻击、消息重放攻击等，数据可能被篡改、身份可能被假冒等，因此需要依靠安全协议来阻止来自敌人的这些攻击。

按照实现的技术手段来分，可以将身份认证分为基于口令的认证、基于密钥的认证、基于身份识别协议的认证和生物认证等。基于密钥的认证技术主要有基于对称密钥的认证技术、基于公钥的认证技术和基于零知识的认证技术。在基于对称密钥的认证技术中，用户和网络系统间共享一个比较"好"的密钥，可能是128 位或者 160 位的随机字符串，把这个字符串作为共享密钥，通过安全协议相互确认彼此拥有这个密钥，而且能协商出一个会话密钥，用于这次对话的加密、完整性保护等。基于公钥的认证技术中，每个用户有自己的公钥和与之配对的私钥，其中公钥任何人都知道，通过基于公钥的安全协议可以确认对方的身份，并且协商出会话的密钥。

设备和设备之间通常采用基于密钥的认证方式，因为设备存放和保管密钥是一件很容易的事，而且认证与密钥协商一起出现，双方通过密码协议建立一个会话密钥，并进行保密通信。计算机对网络用户进行认证时，在对安全性要求高的场合，也采取基于密钥的方式，用户的密钥通常存放于 IC 卡/USB Key 等设备。

3.1.3 主要的身份认证技术

1. 口令认证技术

对一个蒙面人来说，"对暗号"是最简单最常用的身份识别方法，计算机也不例外。对于计算机系统来说，每个登录的用户就像一个蒙面人，因此我们看到操作系统无一例外地提供了用户名/口令的认证方式。在操作系统安装时，通常设定一个管理员账户，输入初始口令，安装后，管理员创建账户时设定用户名/口令，用户随后登录可以更改口令，使得只有自己和计算机系统才知道这个口令。在网络 BBS 等系统登录时，用户可以填写自己的资料，并设定初始口令，资料通过管理员审核后，我们就可用用户名/口令登录。在登录计算机系统时，只要输入正确的用户名/口令，计算机就认为是合法用户。像 Windows 系列操作系统、QQ、BBS 论坛等都采用了这种基本的认证方式。因为对人来说记个口令比拿样东西方便多了，只要脑子记住就可以了，所以口令认证已成为计算机对用户的一种最基本的认证方式，不管是在本机系统登录还是在网络远程登录认证中都有着广泛的应用。

实际上，人们通常记不住太多的数字和字符，许多用户为了防止忘记口令，经常采用诸如名字缩写、生日、电话号码等，这样的口令容易受到字典猜测攻击。

由于口令字往往不长，比如 6 位数字，就是把所有可能的口令搜索一遍，也不过一百万次，对于现在的计算机来说暴力攻击（把所有可能的口令猜测一遍）也用不了几分钟的时间。因此这种采用用户名/口令的系统为了防止被猜测或被暴力破解往往采用登录限制，三次登录输入错误那就让用户等待几分钟再试。为避免字典攻击，已经有一些选取口令的规则：首先，不要选择那些与自己关系密切、为众人所知的口令，如自己、配偶、孩子或宠物的名字，所住街道或汽车的名字，电话号码或周年纪念、生日等，地址、社会保险号码或门牌号码；其次，不要使用词典中列出的口令，因为破解程序可能会使用词典列表；再次，采用一些对付口令字典攻击的有效方法，像编造无意义的字、缩写词语，故意拼错单词，串起歌曲或诗歌中的音节。然而，对于普通用户来说，这些规则有些过于苛刻。如何选择用户可用而又足够安全的口令，形成一套科学合理的口令选择方法，这一直是个令人头疼的问题。另外，保管口令的最好办法是把它记在脑子里，而不是放在一个具体的位置。写在记事本、留言条中的口令都可能会被别人发现。

在网络远程登录时，验证的口令需要在网络中传输，这样很容易被网络上的黑客监听，为了防止泄露，就需要对通信链路进行保护。而且口令认证容易受到暴力攻击（也称穷举攻击），如果口令是有规律的数据，像生日、爱人名字、身份证号、常用的口令等又很容易受到字典攻击（黑客们把常用的口令，像"123"，生日等做成口令字典，把字典里的口令试一遍就很可能猜出来），因此采用口令远程认证时多采用加密信道保护（像 SSL 保护）。一种很常用的方法就是采用 SSL 或者 SSH 通信加密保护，我们在登录 BBS 或者邮箱的时候经常看到这种选项。

这种采用简单口令验证的方法还存在一个问题，就是容易遭受"钓鱼攻击"，黑客架设一个看起来与真正网站一模一样的网站，地址也十分相似，用户如果不非常仔细地检查就进行登录，那么用户名和口令就提交到黑客架设的假网站，黑客取出用户名和口令就可以登录真正的网站进行破坏。对付这种攻击我们必须能够分清网站是不是真的网站，这可以用人眼区分网络地址，也可以借助一些技术手段，比如计算机上存一个真实网站地址的数字指纹，在登录前用计算机进行计算比对。还有就是采用 SSL 保护时，往往会有一个数字证书，我们可以检查这个数字证书是不是真正的网站证书，或者直接通过 UKey 存储的数字证书避免登录一个假网站，这样我们就能避免上钩。

对于网络系统来说，口令的存储是一个大问题，如果负责存储口令的服务器被攻破，系统的口令就被攻破，用户相关的一些隐私信息可能暴露，整个系统的认证就会崩溃。为了保护系统的口令，服务器往往采用加密存储，而且不是存储用户的原始口令，经常是口令的 Hash 值。

正当人们认为口令认证达不到很高的安全程度时，出现了远程口令认证与密钥协商的融合技术。在 1992 年，Steve M.Bellovin 和 Michael Merritt 提出了一个新颖的口令认证混合模型，在这种模型下，通过与公钥算法结合，只靠有限长度口令就可以使得口令认证抗在线字典攻击和暴力攻击，使得人们可以用低熵的口令协商出熵比较高的安全会话密钥。与先采用证书加密保护信道然后进行口令认证不同，远程口令认证并没有要求通信双方验证公钥是对方的，所以它仅仅依靠口令进行认证和会话密钥的协商。在远程口令认证协议方面，比较重要的工作有1996 年 David Jablon 提出的一种仅用口令做秘码的高安全认证协议，1998 年Thomas Wu 提出的远程口令认证与密钥协商协议，并于 2000 年将其标准化为RFC2954。目前，远程口令认证与密钥协商方案还正在标准化推进过程中，比较有代表性的标准草案有 IEEE P1363.2：《基于口令的公钥密码技术》。P1363.2 收录了多种远程口令认证与密钥协商方案，包括 PAK（口令认证与密钥协商协议），SPEKE（安全口令加密密钥交换协议）等。我国也正在积极推进远程口令认证方案的标准化工作，《远程口令认证与密钥协商规范》已经立为国标预编制项目。

2. 基于密钥的认证技术

安全认证协议是以密码算法为基础的消息交换协议，用于网络环境中双方鉴别彼此的身份，并且协商通信的会话密钥。Needham-Schroeder 协议是早期最为著名的认证协议，许多广泛使用的认证协议都是以它为蓝本而设计的。Needham-Schroeder 协议可分为对称密码体制和非对称密码体制下的两种版本，分别简称为 NSSK 协议和 NSPK 协议。此外，早期著名的经典安全协议还有 Otway-Rees 协议、Yahlom 协议、大嘴青蛙协议等。重要的实用协议有 Kerberos 协议、CCITT X.509 协议等。

设计符合安全目标的安全认证协议是十分困难的，设计者除了依靠经验以外，往往需要借助形式化的方法对安全协议分析设计。20 世纪 80 年代初，GoldwasserMicali 和 Rivest 等人提出了可证明安全性的思想，并给出了相应的安全方案，但严重牺牲了效率，方案在理论上具有重要意义却不实用。直到 20 世纪 90 年代中期出现了"面向实际的可证明安全性"的概念，特别是 Bellare 和 Rogaway 提出了著名的 RO（Random oracle，随机预言机）模型方法论，使得可证明安全性理论在实际应用领域取得了重大进展，一大批快捷有效的安全方案相继提出。现在大部分国际安全标准体系都要求提供至少在 RO 模型中可证明安全性的设计，而当前可证明安全性的方案也大都基于 RO 模型。

国际标准化机构和组织 ISO/IEC 及 IEEE P1363 制定了一些相关的安全认证协议标准。基于密钥的认证机制应用非常广泛，而且已很成熟，ISO/IEC 9798-1-4:1997 就是这些机制的相关标准，其对应的国家标准是 GB/T 15843.1—4。

3. 身份识别协议技术

这里的身份识别协议专指不基于任何密码本原，从零开始设计的一类身份认证技术。目前已有的身份识别协议大多数为询问-应答式协议。询问-应答式协议的基本观点是：验证者提出问题（通常是随机选择一些随机数，称作口令），由识别者回答，然后验证者验证其真实性。

从实用角度来讲，人们最关心的是设计简单的而且能在一个智能卡上实现的安全身份识别协议。一个安全的身份识别协议至少应满足以下两个条件：

（1）识别者 A 能向验证者 B 证明他的确是 A；

（2）在识别者 A 向验证者 B 证明他的身份后，验证者 B 没有获得任何有用的信息，B 不能模仿 A 向第三方证明他是 A。

这两个条件是说识别者 A 能向验证者 B 电子地证明他的身份，而又没有向 B 泄露他的识别信息。

目前已经设计出了许多满足这两个条件的身份识别协议，比如 Schnorr 身份识别协议，Okamoto 身份识别协议，Guillou-Quisquater 身份识别协议，基于身份的识别协议等。

4．基于凭证的认证技术

基于凭证的认证技术往往被用于安全要求较高的场合。网上银行系统采用了 UKey 作为高安全级别的登录认证手段，这个 UKey 其实就可以看作个人所拥有的一种凭证，而 UKey 里存放着公钥数字证书和对应的私钥，用户进行登录操作时，需要插入 UKey 到计算机，输入 UKey 的保护口令，UKey 就进行签名和认证登录过程，通过身份验证后允许用户进行登录。车库中的自动刷卡系统也是一种登录认证过程，刷的卡其实就是智能卡（智能卡往往带有存储器和小型 CPU，可以处理比较简单的运算），这种车库刷的卡一般是无线射频卡，卡里存放着有关标识卡主和金额的信息等，另外就是存在认证用的秘密，在鉴别出用户的身份后，就采用密码的手段对金额进行扣除。在好多公司上班的场所还实行打卡考勤或者门禁，这也是一种凭证认证的过程，采用的卡也是智能卡，一般也是非接触式的无线射频卡，里面存着用户的身份标识，对于安全性要求不高的场所可能只是个标识号，因此很容易复制，我们看到很多门卡钥匙可以重配就是这个原因。

5. 生物特征识别技术

基于生物特征的认证具有普遍性、随身携带性、持久性等特点。近年来，随着生物认证设备准确性的提高和成本的降低，生物认证技术的应用也越来越普遍，特别是指纹识别技术在门禁、考勤、计算机本地登录等系统中已经广泛应用。

目前生物识别技术最成熟、应用最广泛的当属指纹识别技术，目前好多手机、笔记本电脑等都带有指纹识别功能。这主要因为指纹采用的过程对人们来讲非常简单，指纹识别的准确率高，而且指纹采集设备的成本比较低，另外指纹相比较虹膜，属于容易被人接受的一种生物识别方式。

指纹识别的原理包括指纹采集原理、指纹特征提取原理和指纹特征匹配原理三大部分。指纹采集原理主要是根据指纹的几何特性或生理特性，通过各种传感技术把指纹表现出来，形成数字化表示的指纹图案。指纹特征分析的原理是对指纹图案的整体特征和细节特征进行抽取、鉴别的原理。其分析的对象包括纹形特征和特征点的分布、类型，以及一组或多组特征点之间的平面几何关系。指纹特征值匹配原理是对指纹图案的整体特征和细节特征按模式识别的原理进行比对匹配。匹配是在已注册的指纹和当前待验证的指纹之间进行的。指纹注册和识别过程如图 3.1 所示。

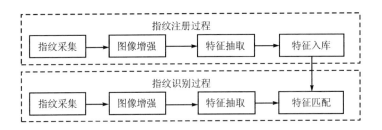

图 3.1　指纹注册和识别过程

虹膜识别是通过对比虹膜图像特征的相似性来确定人们的身份，其核心是使用模式识别、图像处理等方法对眼睛的虹膜特征进行描述和匹配。虹膜识别是一种精度很高的识别技术，几百万的用户量时可用性照样非常好。虹膜识别技术的过程一般分为：虹膜图像获取、图像预处理、特征提取和特征匹配四个步骤。

从身份识别的角度，笔迹是一种稳定的行为特征，笔迹的获取具有非侵犯性（或非触性），容易被人们所接受，是一种非常有应用前景的身份识别方式。正如俗话所说的"字如其人"，每个人写的字都有自己的特征。尽管笔迹的识别需要接触性测量，但是这种方法在政府、法律和贸易中仍然广泛地被用来鉴定人的身份。笔迹是一种行为特征，这是一个动态的过程，它受写字人的身体和情绪的影响很大。有些人的笔迹变化很大，即使连续的笔迹都有很大的差别。此外，经过专门训练，模仿出来的笔迹可以达到以假乱真的地步。尽管笔迹专家可以鉴别出笔迹的真伪，但是用计算机来描述笔迹的特征，自动地进行笔迹识别还是个非常困难的问题。手写签名识别技术也开始成熟，和文字识别不同，手写签名识别着重笔迹和签名笔画习惯、写字力度等特征进行识别鉴定，通过反复训练学习机器，可以通过一次手写笔签名识别一个人的具体身份。

此外，还有人脸识别、运动识别、语音识别等生物识别技术。人脸识别根据人脸图像抽象出一些线条特点数据，然后识别时进行匹配，这种技术精度不是很高，但可以用在一些要求不高的场合，并可以作为一种辅助的手段进行初步的身份筛选。运动识别可以根据对象的运动特点进行区分，也是一种新兴的生物识别方式，同样存在精度不高的问题。语音识别根据人特有的声线音谱等进行识别，这种识别对于录音放音技术高度发达的今天没有什么好办法，但可以作为一种辅助手段进行身份认证。

生物认证技术存在着可被复制仿冒以及大规模鉴别的困难性等诸多问题，限制着生物认证系统的使用规模，目前还不适宜进行网上远程身份认证。一般在本地登录时采用口令、指纹识别等进行身份识别，而远程登录时采用口令、密码手段等进行身份识别。

现在我们了解了身份识别的基本原理和技术，对于本地系统登录认证可以采用综合生物、口令、凭证认证的多因素认证技术手段，然而大型网络系统的认证情况还要复杂得多。网络系统中有着众多的用户，身份与密钥管理就是一个很大的问题，用户与用户之间怎样建立信任关系也是很大的问题，这就需要安全解决方案。一种解决方案是使用公开密钥基础设施 PKI。另一种解决方案是使用 Kerberos 协议，它是 20 世纪 80 年代由 MIT 开发的一种基于对称密钥的典型认证基础设施，它拥有一个密钥分发中心，并与系统中每一个用户都有双方共享的密钥。当用户之间进行通信时，先经过密钥分发中心服务鉴别彼此的身份并建立用于保密通信的会话密钥。

6. 跨域认证和匿名认证技术

随着互联网的规模扩大，网络系统间彼此需要互联，单个的认证系统已经无法满足需要，这就需要实现跨域认证。以前每个系统管理着自己的用户身份，由于比较封闭，安全问题可能并不突出，而跨域互联时用户可以连到形形色色的域中，身份管理和隐私保护等关键技术开始得到很大重视。目前比较有代表性的跨域认证方案有 Liberty Alliance 的 Shibboleth，微软的 Passport 等。保护个人隐私是当今社会对认证技术的另一个需求，但传统的认证技术与隐私保护的属性相矛盾。认证要求获取用户的信息以进行校验，隐私保护却要求尽可能地不暴露用户信息，这就出现了匿名认证技术，使得一方可以鉴别另一方是不是属于某个合法群体，而不是具体的某个人。在跨域方案中，可以让本域开具票据证明用户是这个域的合法用户来做到这一点，就像单位的介绍信只写明角色任务。如果对于负责身份认证的认证服务器也想达到匿名效果，那么前面介绍的绝大部分安全协议就没法用了，于是，人们利用群签名、环签名、零知识证明等技术构造了一些认证协议，这些协议可以使服务器在不完全获取用户秘密信息的情况下完成匿名认证，不过目前的匿名认证协议的性能和效率都比较低。

 ## 3.2　可靠的数字签名技术

在传统商务或者政务活动中，为保证交易的安全与真实，一份书面合同或公文要由当事人或负责人签字、盖章，这样就知道是谁签的合同，并保证签字盖章的人认可合同的内容，在法律上才能承认这份合同是有效的。在电子虚拟世界中，合同或文件是以电子文件的形式进行存储和传递的。传统的手写签名和盖章没法作用到电子文件上，这就必须依靠电子签名（Electronic Signature）的技术手段来替代。在书面文件上签名是确认文件的一种手段，其作用有两点：一是因为自己签名以后难以否认；二是签名不易仿冒。电子签名与书面文件签名有相同之处，采用电子签名，也能确认以下两点：一是信息是由签名者产生的；二是信息没有遭到篡改。这样，电子签名就可用来防止电子信息被人伪造、事后对发送过的信息否认等情况发生。

近年来电子签名的需求和应用在快速地增长，尤其在电子商务和电子政务中，电子签名有着至关重要的核心地位，例如网上银行、网上交费、网上购物、电子政务、电子税务、安全电子邮件等。从法律上讲，签名有两个功能：标识签名人和表示签名人对文件内容的认可。ISO7498—2 标准对电子签名的定义为："附加在数据单元上的一些数据，或对数据单元所做的密码变换，这种数据和变换允许数据单元的接收者用以确认数据单元来源和数据单元的完整性，并保护数据，防止被人（例如接收者）进行伪造"。美国电子签名标准（DSS，FIPS186—2）对数字签名的解释为："利用一套规则和一个参数对数据计算所得的结果，用此结果能够确认签名者的身份和数据的完整性"。

电子签名和数字签名的内涵并不一样，数字签名（Digital Signature）是多种实现电子签名技术中比较成熟和普遍使用的一种，并且基于公钥密码算法。由于保持技术中立性是制定法律的一个基本原则，因此规定一个更一般化的概念以适应技术的发展。不过目前电子签名法中提到的签名，一般指的就是使用公钥密码算法的数字签名。

数字签名采用公钥密码算法对数据文件的数字指纹进行私钥加密变换，生成附加在数据文件上的签名数据，而接收者可以用对应的公钥验证签名数据，确认数据文件的来源和完整性，因为是用签名者的私钥进行加密变换的，所以能防止别人伪造签名，签名者也不能否认自己签过名。数字签名主要的功能是保证信息传输的完整性、发送者的身份认证、防止交易中的抵赖发生。

数字签名的过程如图 3.2 所示。首先对待签名的信息采用 Hash 函数处理生成消息指纹（也就是数字指纹），然后用签名者的私钥进行签名（RSA 算法中就是用私钥加密），这样得到消息的数字签名。验证者验证签名时同样需要对消息原文进行 Hash 处理生成消息指纹，然后用签名者的公钥验证签名（RSA 算法中就是用公钥对加密的数据解密，得到消息指纹，然后与 Hash 生成的消息指文进行对比，如果相同，则说明收到的信息是完整的），并输出验证结果。

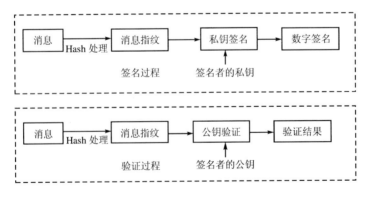

图 3.2　数字签名验证过程

数字签名主要包括普通数字签名和特殊数字签名两大类，下面我们分别来做简要介绍。

 ### 3.2.1　普通数字签名

一个普通数字签名主要由两个算法组成，即签名算法和验证算法。签名者能使用一个（秘密）签名算法签一个消息，所得的签名能通过一个公开的验证算法来验证。给定一个签名，验证算法根据签名是否真实来作出一个"真"或"假"的回答。

普通数字签名具有公开可验证性和可转移性等特点。所谓公开可验证性是指任何知道验证算法的人都能验证签名的真伪性，无需求助于任何别的人。所谓可转移性是指知道验证算法的人可将验证算法和签名转移给第三方，并可使第三方相信签名的真实性。普通数字签名的这些特性十分适合于某些使用，诸如布告和公钥的分发，越多的复制越好。但它不适用于许多别的应用，诸如对商业上的或私人的敏感信息的签名，签名的扩散有助于工业间谍或敲诈。

目前已有大量的普通数字签名方案，比如著名的 RSA 数字签名，ElGamal 数字签名，Fiat-Shamir 数字签名，Guillou-Quisquarter 数字签名，Schnorr 数字签名，Ong-Schnorr-Shamir 数字签名，美国的数字签名标准/算法（DSS/DSA），椭圆曲线数字签名等。这里我们只简单介绍两个普通数字签名方案，即 RSA 数字签名和 DSA。

1. RSA 数字签名

设 $n=pq$，其中 p 和 q 是两个不同的大素数，$Z_n=\{0, 1, 2, \cdots, n-1\}$，$Z_n^*=\{x \in Z_n: \gcd(x, n)=1\}$，$Z_n$ 上有两种运算，分别为模 n 加法运算和模 n 乘法运算。$e, d \in Z_n^*$，并且 $ed \equiv 1 \bmod (p-1)(q-1)$。公开 e（e 作为公开密钥）和 n，保密 d（d 作为秘密密钥）、p 和 q。签名变换为：$y=x^d \bmod n$，$x \in Z_n$。y 便是 x 的一个

签名，记为（x，y）。验证方程为 $x=y^e \bmod n$。

A 使用 RSA（当然可以是任意一个签名算法）对消息 x 签名和 B 验证签名（x，y）的过程可描述为

（1）A 首先使用他的秘密密钥 d 对 x 进行签名得 y；

（2）然后 A 将（x，y）发送给 B；

（3）最后 B 用 A 的公钥 e 验证 A 的签名的合法性。

2. DSA

DSA 是由美国国家标准技术学会（NIST）于 1991 年 8 月 30 日提出，1994 年 5 月 19 日在联邦登记处公布，1994 年 12 月 1 日被采纳的一个标准。它是 ElGamal 数字签名算法的一个修改。当选择 p 为 512 比特的素数时，ElGamal 数字签名的尺寸是 1024 比特，而在 DSA 中通过选择一个 160 比特的素数可将签名的尺寸降低为 320 比特，这就大大地减少了存储空间和传输带宽。DSA 已被人们广泛接受和应用，它为要求数字签名技术的应用提供了一个适当的内核。

3.2.2 特殊数字签名

特殊数字签名主要有盲签名、群签名、环签名、代理签名、门限签名、非否认数字签名等。

1. 盲签名

盲签名（Blind Signature）是于 1982 年提出的。盲签名允许消息拥有者先将消息盲化，而后让签名者对盲化的消息进行签名，最后消息拥有者对签字除去盲因子，得到签名者关于原消息的签名。盲签名可以有效保护所签署消息的具体内容，所以在电子选举等领域有着广泛需求。盲签名就是接收者在不让签名者获取所签署消息具体内容的情况下所采取的一种特殊的数字签名技术，它除了满足一

般的数字签名条件外，还必须满足以下两条性质：一是签名者对其所签署的消息是不可见的，即签名者不知道他所签署消息的具体内容；二是签名消息不可追踪，即当签名消息被公布后，签名者无法知道这是他哪次签署的。好比先将隐蔽的文件放进信封里，而除去盲因子的过程就是打开这个信封，当文件在一个信封中时，任何人不能读它。对文件签名就是通过在信封里放一张复写纸，签名者在信封上签名时，他的签名便透过复写纸签到文件上。除了签名者本人外，任何人都不能以他的名义生成有效的盲签名；签名者一旦签署了某个消息，他无法否认自己对消息的签名；签名者虽然对某个消息进行了签名，但他不可能得到消息的具体内容；一旦消息的签名公开后，签名者不能确定自己何时签署的这条消息。

2．群签名和环签名

群签名和环签名既有联系又有区别，其主要区别是环签名中没有群管理员。

群签名（Group Signature）可应用于如下环境：当很多人有共同利益加入一个群体时，群体中有一个群管理员决定谁来加入，每个人可以代表这个群体进行签名，而对于外人来看，只知道这个群体进行了签名而不知道具体是谁进行的签名。如果有特殊情况发生，群管理员可以追踪具体是谁进行的签名。

环签名（Ring Signature）可应用于如下环境：签名的人可以选择任何一个群体，对一个消息进行签名，对于外人来说只知道是这个群体中的一员进行了签名，而不知道具体是谁。这种签名中没有群管理员，也无法追踪具体是谁进行的签名。

3．代理签名

代理签名（Agent Signature）是指用户出于某种原因指定某个代理代替自己签名。例如，张三需要出差，而这个地方不能上网，张三希望能委托李四对工作上的事进行处理。张三在不把私钥给李四的情况下，请李四代理签名，这种代理具有一些特性：任何人都可区别代理签名和正常的签名；只有原始签名者和指定的代理签名者能够产生有效的代理签名；代理签名者必须创建一个能检测到是代理签名的有效代理签名；从代理签名中，验证者能够相信原始的签名者认同了这份签名消息；原始签名者能够从代理签名中识别代理签名者的身份；代理签名者不能否认由他建立且被认可的代理签名。

4. 门限签名

门限签名（Threshold Signature）是为了分散签名者的权利而设计的一种签名。这种签名中有多个签名参与者，每个人持有一部分签名私钥的信息，只有大于门限值的参与者协作才能产生消息的签名，签名过程中参与者不需要恢复签名私钥，并且签名过程不影响私有分享信息的安全性。

5. 非否认数字签名

非否认（也称不可否认）数字签名是由 Chaum 和 Antwerpen 于 1989 年提出的。像普通数字签名一样，非否认数字签名是由一个签名者颁布的一个数，这个数依赖于签名者的公钥和所签的消息。但这种签名有一个新颖的特征，没有签名者的合作，接收者无法验证签名，在某种程度上保护了签名者的利益。一个非否认数字签名的真伪性是通过接收者和签名者执行一个协议来推断的，这个协议被称之为否认协议。如果在一个系统中签名者不希望接收者未经他的同意就向别人出示签名并证明其真实性，那么非否认数字签名很好地适用于这种应用场合。诸如软件开发者可利用非否认数字签名对他们的软件进行保护，使得只有付了钱的顾客才能验证签名并相信开发者仍然对软件负责。在某些应用场合，需要使用可将非否认数字签名转化为普通数字签名的数字签名，这种数字签名被称之为可转移的非否认数字签名，它具有可选择地转移签名的优点。

除了上述介绍的数字签名之外，还有一些别的数字签名，比如利用零知识思想设计的指定验证者的数字签名，利用秘密共享技术设计的共享验证数字签名，以及具有消息恢复功能的数字签名等。另外值得一提的是杂凑技术（Hash 函数）在数字签名技术中起着重要的作用。将杂凑技术应用到数字签名中除了可以加强数字签名，诸如破坏某种数学结构（如同态结构），提高数字签名的速度等外，它还可以提供以下几点好处：

（1）可将签名变换和密钥变换分开来，允许用私钥密码体制实现保密，而用公钥密码体制实现数字签名；

（2）无需泄露签名所对应的消息，可将签名泄露；

（3）对所签消息能提供一个更有效的方法。

3.3　高效的 Hash 函数和 MAC 技术

3.3.1　Hash 函数

Hash 函数即 Hash 算法，又称"散列函数"，有的直接音译为"哈希函数"，也有的叫做"杂凑函数"。简单地说就是把任意长度的输入消息，通过 Hash 算法，变换成固定长度的输出值，该输出就是 Hash 值。Hash 函数把一些不同长度的信息转化成杂乱的固定长度的编码 Hash 值，常用的是 128 位或 160 位。也可以说，Hash 就是找到一种数据内容和数据存放地址之间的映射关系。这种转换通常是一种压缩映射，也就是 Hash 值的空间通常远小于输入的空间。因此，实际上不同的输入经过 Hash 函数处理可能会输出同样的 Hash 值，也就是对应同一个 Hash 值实际上是有无穷多个输入，但这是不是意味着我们可以找到两个不同的数据输入，让它们的 Hash 值一样呢？（这种情况称碰撞）答案是否定的。因为经过 Hash 处理后的值空间是个天文数字，比如 SHA-1，有 2^{160} 个，理想的情况下，即使采用生日攻击也需要 2^{80} 时间复杂度和 2^{80} 空间复杂度进行处理，这个计算复杂度对于现在的计算机是不可行的。这好比天上的星星无穷多，但分布的空间实在太大了，想找到撞在一起的两个可不是什么容易的事情。Hash 函数设计的基本原则就是找到一个碰撞是非常困难的。那我们已经有了一个 Hash 值，能不能找到一个数据输入，使它经过 Hash 函数处理后就是这个 Hash 值呢？这个其实比前面找碰撞的想法更困难，同时这也是 Hash 函数设计的一个基本原则。这样我们就能把 Hash 函数看作一个单向函数，也就是给了一个输入数据，我们很容易计算它的 Hash 值；而给定一个 Hash 值，要找一个输入数据使得它经过 Hash 处理后的值等于这个值是不可行的，更别说找到跟以前输入数据一模一样的了。Hash 函数具有以下几个特点：一是雪崩效应，就是明文即使 1 比特的改变也会导致 Hash 值的巨大改变；二是单向性，由 Hash 值得到消息这一操作是不可能的；三是计算速度快，因为经常处理较大的数据。

比较著名的 Hash 算法有 MD2、MD4、MD5、SHA-1、SHA-256 等，其中 MD5 和 SHA1 是目前应用最广泛的 Hash 算法，它们都是以 MD4 为基础设计的。MD4 是 MIT 的 Ronald L. Rivest 在 1990 年设计的，MD 是 Message Digest 的缩写，它适于在 32 位字长的处理器上用软件高速实现。MD5 是 Rivest 于 1991 年对 MD4 的改进版本。它对输入仍以 512 位分组，与 MD4 的输出一样，都是 4 个 32 位字的级联，也就是 128 比特。SHA1 是由 NIST NSA 设计为同 DSA 一起使用的，它对输入产生长度为 160 比特的 Hash 值，因此抗暴力攻击更好。Hash 算法的基本过程是对消息原文分组，附加填充位，附加长度，然后以分组数据块（一般是 512 比特）为单位处理消息，用压缩函数模块进行多次循环，每次循环包括多个处理步骤，而且每次循环的函数都不一样，最后才生成消息摘要。不同 Hash 函数的区别主要在于计算过程中使用的填充方法、基本函数、初始向量和运算步数的不同。

Hash 函数的抗碰撞攻击是一个非常重要的指标。碰撞攻击就是找到一对或更多对碰撞消息，该消息生成 Hash 值是相同的。在目前已有的攻击方案中，暴力攻击（也称穷举攻击）是最普通的方法，它可攻击任何类型的 Hash 方案，不过现在计算能力不可行。2004 年 9 月美国密码年会上发表了一项重要成果，最常用的

MD5 Hash 算法被我国密码学家成功攻破，不过这里的攻破是理论意义上的。本来对于一个 Hash 函数来说，找到两个数据使得它们的 Hash 值一样是非常困难的，但我国学者利用 MD5 函数设计中的缺陷，先找到一些特殊的消息数据，然后通过修改某些字段，找到另一个消息数据经过 Hash 处理后两个值一样，在小型机上只需要不到一小时的时间，后来经过算法改进，只需要几秒钟就可以在普通计算机上找到一对碰撞，但这种碰撞虽然威胁到了其安全性，但对一个 Hash 值，伪造出一个有意义的原始输入还是很困难的，因此 MD5 还在大量应用。

　　Hash 函数可以产生消息数字指纹，验证一个文件是不是被改动过。在通信中因为对传输效率的要求，常用的数据校验算法有奇偶校验[①]和 CRC 校验[②]。这两种校验非常简单高效，但并没有抗数据篡改的能力，它们一定程度上能检测数据传输中的错误，但却不能防止对数据的恶意破坏。而在文件校验中，如果也采用奇偶校验或 CRC 校验，那么就不能防止文件被篡改，因此很多系统选中了 Hash 算法作为数字指纹的生成算法，其中 MD5 算法是目前应用最广的一种文件完整性校验算法。当然仅有数字指纹是不能防止篡改的，但这个指纹可以用来和标准的数字指纹进行比对，因为即使文件有 1 个比特的改变，数字指纹也会完全不一样，想改动文件而又形成一模一样的 Hash 值简直难于登天。

　　Hash 函数是现代密码体系中的一个重要组成部分。由于公钥密码算法的运算

---

① 奇偶校验是一种校验代码传输正确性的方法。根据被传输的一组二进制代码的数位中“1”的个数是奇数或偶数来进行校验。采用奇数的称为奇校验，反之，称为偶校验。采用何种校验是事先规定好的。通常专门设置一个奇偶校验位，用它使这组代码中“1”的个数为奇数或偶数。

② 循环校验码（CRC 码）是数据通信领域中最常用的一种差错校验码，其特征是信息字段和校验字段的长度可以任意选定。

速度较慢，所以在数字签名中 Hash 函数扮演了一个重要的角色。在数字签名时，通常先用 Hash 函数处理文件生成 Hash 值，然后再对 Hash 值采用私钥签名。由于篡改文件却试图形成一模一样的 Hash 值是非常困难的，因此对文件的 Hash 值进行数字签名，可以认为与对文件本身进行数字签名是等效的。

3.3.2　MAC 技术

消息认证码（MAC，Message Authentication Code）是密码学中的一个重要研究方向，它是保证消息完整性的基本算法，被广泛应用于各种安全系统中。消息认证码的主要原理是利用密钥对要认证的消息产生数字指纹，并对数字指纹进行加密。消息认证码的产生有多种方式：一是可以用公钥密码算法对消息的 Hash 值签名，这个签名可以保证消息的完整性、防止被篡改，并且可以防止否认；二是可以用对称密码算法对消息的 Hash 值加密，这个可以用来保证消息完整性、防篡改；三是可以用加了密钥的 Hash 函数直接对消息进行处理产生消息认证码。因为第三种方法处理数据速度非常快，所以应用非常广泛，并且被采纳为 IETF 的标准 RFC2104，称作 HMAC。这种 HMAC 的原理简单，易于理解，对于正常的 Hash 函数，任何人都能用来计算消息的数字指纹，但如果对这个消息串上了密钥，因为 Hash 函数本身是防碰撞的，消息 1 比特的改变就会导致产生的消息认证码完全不一样，猜不到密钥的情况下要产生一个一模一样的消息认证码非常困难，因此 HMAC 也可以防止消息被篡改，并保证消息的完整性。

3.4　隐蔽的数字水印技术

数字水印（Digital Watermarking）就是在嵌入数字载体（多媒体、文档、软件等，如一幅图片、一个视频）中编码嵌入隐蔽的标记，这种标记只有通过专门的检测器或阅读器才能提取，常常被用来宣示对图片或者视频的所有权，即数字版权。数字水印是信息隐藏技术的重要分支。数字水印既不影响原始载体的正常使用及存在价值，也不容易被人感知。

数字水印算法的原理大都相同，即对时域、空域或变换域中的一些参数进行微小的变动，在某些位置嵌入一定的数据，生成数字水印。当需要检测时，从载体中提取水印，与原水印进行比较，检测水印是否被篡改等。近年来研究者从不同角度提高和改进数字水印算法，其实都是以提高水印的鲁棒性为目的的。典型的数字水印算法有以下几类：空域算法，变化域算法，压缩域算法，NEC 算法，生理模型算法等。

数字水印技术是通过特殊的算法将一些标志性信息直接嵌到多媒体内容中。目前大多数水印方案都采用加密算法（包括公钥密码算法、对称密码算法）来加强鲁棒性，在水印的嵌入、抽取时采用密钥，甚至几种密钥的联合使用。图像中数字水印的嵌入和抽取方法可分别参见图 3.3 和图 3.4。

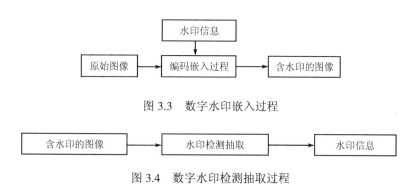

图 3.3　数字水印嵌入过程

图 3.4　数字水印检测抽取过程

一种比较典型的空域图像嵌入水印算法是最低有效位水印算法。一个位图格式的图像（也就是在 Windows 文件中看到的后缀为 .bmp 的图像）是由像素组成，每一个像素值又由三种颜色组成，每种颜色由 8 比特来表示，比如十进制值 210，表示成二进制就是 11010010，即使把颜色最低位改变，得到二进制值 11010011，也就是十进制的值 211，不会对颜色值造成很大影响，所以图像质量也不会有大的影响，那我们就可以考虑用要嵌入的水印信息直接替代这个最低位，而检测水印的时候直接抽取最低位就可以了。当然，如果实际应用中用这么简单的算法很容易遭到攻击，会被人把水印直接抹掉。

因此，嵌入数字作品中的数字水印具有一些基本特性：首先是隐蔽性，数字水印作为标识信息隐藏于数字作品，不能被轻易地察觉已经嵌入了水印，而且嵌入数字水印不能让图片或者视频的质量明显降低；其次是隐藏位置的安全性，钱币上的水印不容易去掉，而对于数字的水印来说，如果别人知道嵌入水印的方法，就很容易抹掉水印，因此一般水印信息隐藏于数据里而不是文件头里，否则文件格式的变换可能就会导致数字水印的丢失；再次是安全性，数字水印应当具备难以篡改或伪造的特性，并应当具有较低的误检测率和较强的抵抗性；然后是鲁棒性，在经历多种信号处理过程后，数字水印仍能保持部分完整性及检测的准确性，这些信号处理过程可能有噪声、滤波、重新采样、剪切、位移、尺度变化以及有损压缩编码等。另外我们需要关心水印容量，嵌入的水印信息必须足以表示多媒体内容的创建者或所有者的标志信息，这样有利于解决版权纠纷，保护数字产权合法拥有者的权益。

数字水印的水印容量和鲁棒性不可兼得。人们期望的理想水印算法应该既能隐藏大量数据，又可以抗各种信道噪声和信号变形，然而实际情况是这两个指标往往不能同时实现。不过对数字水印技术的应用影响并没有那么大，因为实际应用一般只偏重其中的一个方面。如果是为了隐蔽通信，水印容量显然是最重要的，由于通信方式极为隐蔽，遭遇敌方篡改攻击的可能性比较小，因而对鲁棒性要求不高。但对保证数据安全，比如宣称版权来说，情况恰恰相反，数据信息随时面临着被篡改的危险，所以鲁棒性十分重要，此时，水印容量的要求居于次要地位。

　　按数字水印的用途，可以将数字水印分为数字版权保护水印、票据防伪水印、广播监视水印、篡改提示水印、隐蔽标识水印等。其中票据防伪水印是一类比较特殊的水印，主要用于打印票据和电子票据的防伪；篡改提示水印的目的是标识宿主信号的完整性和真实性，隐蔽标识水印的目的是将秘密数据的重要标注隐藏起来，限制非法用户对秘密数据的使用。

　　按数字水印所附载的媒体，可以分为图像水印、音频水印、视频水印、文本水印以及用于三维网格模型的网格水印等。随着数字技术的发展，会有更多种类的数字媒体出现，也会产生相应的水印技术。

　　按数字水印的感知特性，可以将数字水印分为可见水印和不可见水印。可见水印是指直觉上可见的水印，就像与图像叠在一起的标识，它主要用在图像和视频上，用来宣称自己的版权。不可见水印在直观上是不可察觉的，但在需要的时候，可以用专门的检测方法提取出水印。这种不可见的水印又可以按数字水印的安全特性分为鲁棒水印和脆弱水印两类：其中鲁棒水印主要用于在数字作品中标识著作权信息，如作者、作品序号等，它要求嵌入的水印能够经受各种常用的编辑处理；而脆弱数字水印主要用于完整性保护，与鲁棒水印的要求相反，脆弱水印必须对信号的改动很敏感，人们根据脆弱水印的状态就可以判断数据是否被篡改过。

　　按数字水印的检测器类型，可以将数字水印分为明文水印、半盲水印和盲水印。明文水印在检测过程中需要原始载体和原始水印的信息；半盲水印不需要原始载体信息，但需要利用原始水印信息进行检测；而盲水印的检测只需要密钥，不需要原始载体和原始水印信息。一般来说，明文水印的鲁棒性比较强，但其应用受到存储成本的限制。目前学术界研究的数字水印大多数是盲水印。

　　按数字水印的内容，可以将数字水印分为有意义水印和无意义水印。有意义水印是指水印本身也是某种数字图像（如商标图像）或数字音频片段的编码；无意义水印则是一串随机数。有意义水印的优势在于，如果由于受到攻击或其他原因致使解码后的水印破损，人们仍然可以通过视觉观察确认是否有水印。但对于无意义水印来说，如果解码后的水印序列有若干码元错误，则只能通过统计决策来确定信号中是否含有水印。

按数字水印的隐藏位置，我们可以将其划分为时/空域数字水印、频域数字水印、时/频域数字水印和时间/尺度域数字水印。时/空域数字水印是直接在信号空间上叠加水印信息，这种技术在早期研究较多，一般具有复杂度低、实时性好等特点，但鲁棒性较差，主要用于设计脆弱水印。而频域数字水印、时/频域数字水印和时间/尺度域数字水印则分别是在 DCT 变换域、时/频变换域和小波变换域上隐藏水印，这些技术鲁棒性较强、容量较大，主要用于设计鲁棒水印，目前这类变换域水印算法研究较多。随着数字水印技术的发展，水印算法层出不穷，水印的隐藏位置也不再局限于上述几种。应该说，只要构成一种信号变换，就有可能在其变换空间上隐藏水印。

数字作品（如计算机美术、扫描图像、数字音乐、视频、三维动画）的版权保护是当前的热点问题。由于数字作品的复制、修改非常容易，而且可以做到与原作品完全相同，所以原创者不得不采用一些严重损害作品质量的办法来加上版权标志，而这种明显可见的标志很容易被篡改。数字作品既是商品又是知识作品，这种双重性决定了版权标识水印主要强调隐蔽性和鲁棒性，而对数据量的要求相对较小。人们通过隐藏在载体中的数字水印，可以达到验证和确认内容提供者、购买者、隐藏信息或判断载体是否被篡改等目的。目前，用于版权保护的数字水印技术已经进入了实用化阶段，IBM 公司在其"数字图书馆"软件中就提供了数字水印功能，Adobe 公司也在 Photoshop 软件中集成了 Digimarc 公司的数字水印插件。

随着高精度的彩色打印机和复印机的出现，货币、支票以及其他票据的伪造变得更加容易，数字水印已成为票据防伪的一种重要技术。通过使用数字水印技术，把电子身份验证信息隐藏到普通的纸制凭证图像中，使身份凭证具有不可复制和不可否认等特性，实现电子信息和书面信息的双重保护。

随着商务活动电子化和自动化的转变，许多交易活动都转变为电子交易，其中电子票据的安全保护变得尤为重要，在电子票据中嵌入交易时间和签名等数字水印信息，可以使交易过程具有不可否认性。数字水印技术可以为各种票据提供不可见的认证标志，大大增加了伪造篡改票据的难度。

第4章

信息社会的永恒话题

——信息系统安全

对任何系统，系统的设计者或者管理者都希望它按照预期的方式运行，而对任何可能影响其正常运行的行为，都需要实施相应的控制或保护手段，否则系统的运行和存在将可能存在风险。举例来说，国家和家庭都可以被看作系统，这些系统都很自然地有维护与保护其安全的一系列方法，如国家之间需要对来往的人员实施签证和入关检查，住宅小区需要设置门禁等。需要注意，这里主要有两层含义：对被授权的人员（如获得签证的人员或者有门卡的居民）要保证他们被允许的行为按照希望的那样发生（如获得留学签证的人员可以在校学习，但不得就业），并且大家的行为不发生冲突（如住在同一小区的居民各自将汽车停在自己的停车位上），每个人的安全和隐私受到保护；对未被授权的人员，需要防止他们的非法行为（如恶意闯入或实施破坏与盗窃）。另外，人们也常关注以下问题：系统的当前行为是否可靠呢？如何才能够使它更可靠呢？例如，住宅小区的居民可能担心，门禁设备是足够值得信赖的设备吗？保安人员可靠吗？

信息系统和以上普通系统具有很多共性。大家对信息系统可能都有不同程度的了解，例如，我们常使用的计算机与其上运行的操作系统就组成了最典型的信息系统之一，而计算机上运行的应用软件可以组成不同的信息系统，例如数据库系统就是常见的信息系统之一。显然，在计算机操作系统和数据库系统等基础软件的支撑下，人们还可以构建更多的信息系统。信息系统需要由不同的人员使用，也可能需要和网络连接，因此面临信息安全问题。这里，信息系统安全主要是指对信息系统的访问受到预期的管理和控制，当然这也包括信息系统得到了可靠的防护，例如，系统难以被恶意利用或者被计算机病毒侵害，系统行为可被信任。请注意，"访问"一词，在信息系统中泛指对信息资源的获取或者利用，其中资源主要指数据、计算能力、网络带宽、外部设备等。

在信息系统安全技术中，访问控制是最基本的技术手段之一，它控制资源只能由用户按照所授予的权限被访问。访问控制是操作系统安全和数据库安全的基础，也是恶意攻击或者计算机病毒试图战胜或绕过的对手，因此，本章将从介绍访问控制开始，再逐次介绍操作系统安全技术、数据库安全技术、可信计算技术和计算机病毒与防范技术。

4.1 永远年轻的访问控制技术

4.1.1 什么是访问控制

信息系统的设计者或者管理者都非常关注防止资源被非授权获取或者利用，因此访问控制技术的产生有其必然性。如图 4.1 所示，访问控制可以看作是一扇介于访问者与被访问资源之间的大门，作为大门的守护人，它通过一系列的规则来决定是否对访问者的访问放行，并确保信息资源按照相关的授权被访问。因此，访问控制是建立在用户对资源访问过程中的一种决策授权机制，也是对越权使用资源的一种防御机制。

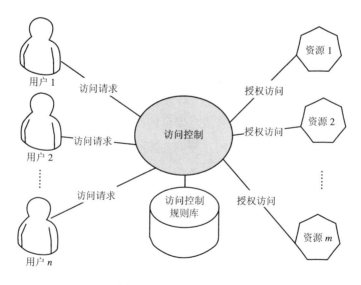

图 4.1 访问控制示意图

访问控制可分为以下几个部分来理解：① 主体，即用户，广义地看，主体也可能是软件进程或者硬件设备等，它们都可以代理用户进行资源的主动访问；② 客体，即资源，也被称为对象，它可能是文件、记录、目录、程序、硬件设备等可能被访问或操作的资源；③ 访问，是主体向客体发起的一种交互行为，可以包括浏览、运行、修改、连接等操作；④ 控制，作为一个仲裁者来决定主体是否能够访问资源对象，它体现了一种授权机制，同时也是一种约束机制；⑤ 规则，是控制部分对主体进行授权和控制的原则和参照，例如，访问控制中常存在最小职权规则和职责分离规则，前者是指某业务中的工作人员可以使用其所在业务范围内的资源，而不能使用与其无关的资源，后者是指某些任务必须由多人完成，则需要通过分配不同的任务给不同的人，并为多人针对某个特定资源的访问分配相应的权限。

访问控制的应用十分广泛，操作系统、数据库、网络系统和应用系统中都需要访问控制技术来实现对主体的授权和控制。例如，Windows 操作系统应用访问控制列表（ACL，Access Control List）来对本地文件进行保护，访问控制列表指定某个用户可以读、写、执行、删除某个文件或者变更其权限；大多数数据库系统（如 Oracle、Microsoft SQL Server）都提供独立于系统的访问控制机制，例如，Oracle 使用其内部用户数据库，且数据库中的每个表都有自己的访问控制策略来支配对其记录的访问；应用程序中也可以加上访问控制来达到权限管理的目的，例如，我们可以安装一个使用密码访问相关数据存储的程序，这是在应用程序一级实施访问控制的方式；访问控制机制还可以被应用在网络安全防护中，主要是限制用户可以建立什么样的连接以及通过网络传输什么样的数据，这主要通过防火墙来实现。

在访问控制中，规则部分往往处于核心地位，不同的规则对应着不同的访问控制类型。由于逐条列出的规则可能比较繁杂，人们一般希望能有更好的方法描述和产生它们。访问控制策略是在系统安全较高层次上对访问控制和相关授权规则的描述，它的表达模型常被称为访问控制模型，是一种访问控制方法的高层抽象和独立于软、硬件实现的概念模型。本质上，任何访问控制策略都可以用矩阵直观表示，如图 4.2 所示：每行对应于一个主体，每列对应于一个客体，矩阵元素对应于授权。但信息系统的资源量和用户数多，访问矩阵一般庞大而稀疏，并且矩阵不是推导访问控制规则的最佳数据结构，因此，对研究和开发人员来说，存在构造更好的访问控制模型的问题。以下我们将介绍主要的访问控制模型。

	项目经理的文件夹	项目成员 A 的文件夹	项目成员 B 的文件夹	打印机之类的公用设备
项目经理	完全控制	读、写	读、写	执行
项目成员 A	读	完全控制	读	执行
项目成员 B	读	读	完全控制	执行
其他人员	无权限	无权限	无权限	执行

图 4.2　一个简单的访问控制矩阵

▲ 4.1.2　访问控制模型与方法

目前已经出现了很多类型的访问控制模型，基本的模型分为自主访问控制（DAC，Discretionary Access Control）模型、强制访问控制（MAC，Mandatory Access Control）模型和基于角色的访问控制（RBAC，Role Bases Access Control）模型，它们往往是被综合使用的。另外，还出现了一些较新的模型，例如多策略的访问控制模型、基于属性的访问控制模型和 RBAC 模型的一些扩展，它们克服了以上模型的一些缺点，综合了它们的优点，在应用上有较好的前景。除此之外，访问控制的应用环境也有新的变化，例如，数字版权管理（DRM，Digital Rights Management）的应用环境比较特殊，它需要在松散的分布式环境下实施对数字内容的版权保护，控制对数字内容的越权使用。

1. 基本的访问控制

在自主访问控制（DAC）模型下，系统允许资源的所有者（也称为属主）按照自己的意愿指定可以访问该客体的主体以及访问的方式，因此在这一点上是"自主的"。在生活中，人们对进入私人住宅的管理就类似于 DAC：主人允许，即可进入，别人无权干涉。在实际系统中，根据属主管理客体权限的程度，这类访问控制模型可以进一步分为三种：第一种是严格的自主访问控制（Strict DAC）模型，客体属主不能让其他用户代理客体的权限管理；第二种是自由的自主访问控制（Liberal DAC）模型，客体属主能让其他用户代理客体的权限管理，也可以进行多次客体管理的转交；第三种是属主权可以转让的自主访问控制模型，属主能将作为属主的权利转交给其他用户。DAC 常可以用访问控制矩阵和访问控制列表（ACL）两种方式实现，前面已经介绍了访问控制矩阵，也提到了它的缺点，而 ACL 往往针对一个客体将用户访问控制规则记录在一个文件中，特点是相对访问控制矩阵简单易用，因此，常用的操作系统多采用 ACL实现访问控制，属主授予权限的结果是借助系统更改了相应资源的 ACL。例如，Windows 中的 ACL 由访问控制项（ACE，Access Control Entry）组成，每个 ACE记录了一个用户对相关客体的访问权限；为了控制普通用户和超级用户的访问，Windows 系统将 ACL 又分为 DACL（Discretionary ACL）与 SACL（System ACL），用户在登录后，与其线程相关联的访问令牌（Access Token）记录了用户的基本信息，若线程访问某资源，操作系统将对照 DACL 和出示的令牌，决定是否允许特定的访问。在图 4.3 中，用户 Zhang 的访问被拒绝，原因是，在 DACL 中，虽然 Zhang 所在的组被注明可以访问该资源，但 Zhang 被专门标注为不能访问，而 Li 所在的组 A 被标注为可以访问，并且 Li 未被标注为不可访问，因此系统允许 Li 的访问请求。

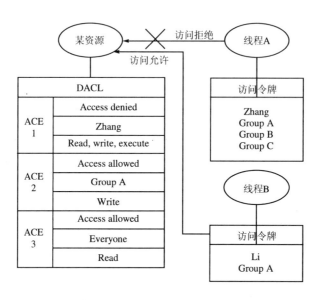

图 4.3   Windows 中的一个访问控制过程

　　显然，若让众多属主都参与管理授权，往往造成安全缺陷，使自主访问控制不适合一些高安全要求的场合，因此在强制访问控制（MAC）模型下，系统对授权进行了更集中的管理，它根据分配给主体和客体的安全属性统一进行授权管理。在日常工作中，对机要办公环境的安全管理往往就可以看作是参照 MAC 的：任何人员的权限须经过统一的保安部门审查和定级，高级别工作人员可以查看低级别人员管理的资料，反之可能不行。一般来说，在 MAC 下，每个实体均有相应的安全属性，它们是系统进行授权的基础。典型的，系统内的每个主体有一个访问标签（Access Label），表示对各类客体访问的许可级别，而系统内的客体也被绑定了一个敏感性标签（Sensitivity Label），反映它的机密级别，系统通过比较主、客体的标签决定是否和如何授权。BLP 模型是由 Bell 和 La Padula 于 1973 至 1976 年提出的典型 MAC 模型，其出发点是维护数据的机密性，可以有效防止低级用户访问安全级别高于其权限的资源。BLP 模型包含著名的"下读"和"上写"两条核心规则，使信息流只能从较低的安全级别往更高的安全级别流动。其中，"下读"是指,如果主体 s 对客体 o 有读写权限,则前者的安全级别一定不低于后者的安全级别;"上写"是指,如果一个主体 s 对客体 o 有"添加"权限,则后者的安全级别一定不低于前者;而如果 s 对 o 有"写"权限,则它们的安全级别一定相等。如图 4.4 所示,由于"级别 A"="级别 B"与"级别 C"="级别 D",因此,"级别 A"用户可以读、写、添加"级别 B"的资源,"级别 C"用户可以读、写、添加"级别 D"的资源;由于"级别 A"≥"级别 D"与"级别 C"≤"级别 B",因此,"级别 A"用户只能读取"级别 D"的资源,"级别 C"用户只能添加"级别 B"的资源。

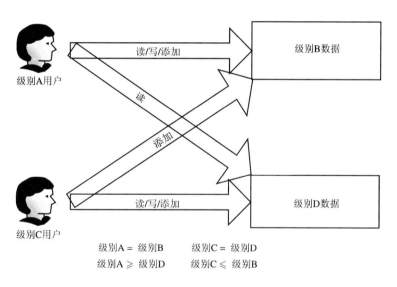

图 4.4 BLP 模型的"下读"和"上写"规则示例

20 世纪 90 年代,以上传统的访问控制模型在应用特性上受到了挑战,人们提出了一些能综合它们优势的所谓中立型模型,其中主要包括 RBAC 模型。在该模型下,用户对客体的访问授权决策取决于用户在组织中的角色,拥有相应角色的用户自动获得相关的权限。这样,授权主要通过角色指派与角色权限指派等过程实施,如图 4.5 所示,这在很多场合下更能满足应用需求。例如,很多权限的分配都是与工作角色有关的，而与具体的计算机用户关系不是那么直接和固定的。比如某人当前在公司的职务是职员，那么权限赋予他的是职员角色一级的权限，而假如下月他业绩突出，晋升为经理，那么按照 RBAC 的设置，他的角色将变成经理一级，相应的权限也上升至经理一级的权限。这样的设置可能更加贴近真实的工作场景，因此 RBAC 模型受到了广泛的研究和应用。

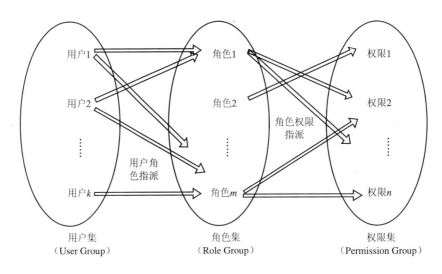

图 4.5　RBAC 模型的用户角色指派与角色权限指派

2. 更高级的访问控制

随着人们对访问控制研究的不断深入以及应用需求的变化，当前出现了一些新型访问控制模型。计算机网络的普及使人们常要跨越多个安全管理域进行通信，由于网络安全管理域的互通需要支持多个访问控制策略，单一的访问控制策略逐渐难以满足安全需求，这使得逐渐出现了多策略的访问控制模型，它能在一个系统中使用多个策略。为了更加方便地实施授权，基于属性的访问控制策略将不同属性集合赋予各类实体，依据属性集的不同实施相应的访问控制，这实际上给出了更为通用而灵活的访问控制方法。数字版权管理（DRM）需要在松散的分布式环境下实施对数字内容的版权保护，控制对数字内容的越权使用，例如复制、散布或者多次播放，这使 DRM 一般要在客户端根据系统对客户权利的描述实施访问控制。在现实中，角色随时间和业务的调整频繁变化，如职务升迁、部门间调动、兼任职务或者城市间调动，多个角色的权限也往往会出现重叠，如上一级经理往往也具有下一级经理的权限用于审核业务。在这样复杂的情况下，如果仍仅采用调整角色的定义来改变授权，则难以满足现实需求，因此，当前产生了对用户和角色混合授权的改进 RBAC（ERBAC）模型。另外，扩充角色层次 RBAC（EHRBAC）也是对传统 RBAC 的一种改进，它主要对角色按照不同的层次进行了改良，对角色间的层次关系进行了扩充。

4.2　日臻完善的操作系统安全

4.2.1　操作系统安全需求

通俗地讲，操作系统是连接计算机硬件和应用软件、用户的纽带，如图 4.6 所示。操作系统负责与硬件打交道，为应用软件和用户使用计算机的基本功能提供支持。操作系统不是一个简单的纽带，它是一个管理和调度中心，它不但管理账户和计算机资源，还负责进程调度、网络通信等，应用程序和用户的操作都要通过这里统一安排。例如，我们平时使用计算机要输入账号信息，只有正确的用户名和口令才能进入系统，这就是操作系统在起作用；还有我们想要打开硬盘上的文件，突然跳出窗口说该文件写保护，您无权访问，或者你和同伴共享一份文件，你的计算机允许同伴在另外一台计算机上访问它。这些关于文件访问保护、共享等的管理都是由操作系统实现的。当然，这些是我们看到的，我们看不到的还有操作系统默默地负责内存的分配和回收、进程调度和保护等。总的来说，操作系统作为管理和调度中心，保证我们能够高效、有序地使用计算机资源。

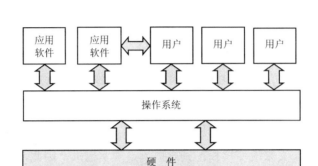

图 4.6　操作系统的纽带作用

　　操作系统在整个计算机系统中的地位可以说相当于人体的心脏，只有它安全地运行，整个机体才能维持生命。那么，操作系统作为调度和管理中心，到底面临什么样的安全问题呢？我们已经可以肯定的一点是，由于操作系统面临服务多个应用软件和用户，能够确保多个应用软件和用户顺利、安全地使用系统资源是最基本的安全目标之一。下面让我们初步分析操作系统的安全需求。

　　首先，多用户操作系统在用户管理上存在一系列的安全问题需要解决。例如，某单位有一台公用计算机，工作成员都可以使用，只是每个人用自己的账户信息登录，这样的系统中存在多个用户，因而被称为多用户操作系统。如果是单用户系统，管理比较简单，用户独占整个计算机系统，配置和使用整个系统资源不会发生冲突，但这种系统利用率低，已面临淘汰。而对于多用户操作系统，就必须考虑用户管理问题。如果任何用户都拥有全部资源的控制权限，人人都可以更改系统配置、设置文件访问权限等，那么在一个用户按自己的意愿改变系统配置之后，别的用户可能发现自己的程序、文件都不能使用了，保存的信息也没有机密性可言，甚至多个用户个人按个人的想法做事，彼此之间冲突导致系统崩溃。因此，操作系统只有妥善管理用户账户及权限，才能提高其自身、用户信息与应用程序的安全性。

其次，进程之间对资源的竞争也可以导致操作系统不安全。打开 Windows 任务管理器，可以看到系统中运行着很多进程，如图 4.7 所示。进程是系统进行资源分配和调度的基本单位。一个进程要运行首先要满足两个条件：一定的内存空间来存放自己的代码和数据，并且，进程当前获得了 CPU 控制权。那么，在系统中并行运行着多个进程，它们共享 CPU，不可避免地，多个进程之间存在内存空间和 CPU 的竞争。如果一个进程越界访问并更改了其他进程的内存空间，将导致另外进程无法执行；另外，由于进程对资源占用是互斥的，当某个进程长期占用资源时，如果没有进程的管理和保护策略，同样需要这个资源的进程将永远无法运行，这就导致操作系统面临死锁。因此，保证并发进程的正常运行，是提高操作系统安全性所必须考虑的。

图 4.7　用 Windows 任务管理器查看进程

再次，操作系统也是一个基本的信息系统，它有着与普通信息系统类似的安全需求。例如，它需要采取一定的访问控制技术对资源访问进行授权和控制（这里的基本原理与 4.1 节介绍的内容类似，因此不再单独介绍）；操作系统还需要为用户提供文件信息保密服务，也需要对异常系统行为有责任认定的能力等，这虽然与普通信息系统的安全需求是类似的，但是，操作系统作为资源的管理者，在实现相关技术方面具有自身特色，因此一般也将这些技术纳入操作系统安全技术的范畴。

最后，由于操作系统的复杂性和重要性，客观上需要有严格验证其安全性的方法。当前，人们已经通过安全测评技术评定了常用操作系统的安全级别，为了研制出安全级别更高的操作系统，操作系统的形式化安全分析越来越受到重视，它通过将系统过程形式化，更严谨地论述和设计操作系统的安全性，有助于安全操作系统的研制。

4.2.2 主要的操作系统安全技术

为了满足以上安全需求，人们研发了很多操作系统安全技术，这里重点介绍账户控制与特权管理、内存和进程的保护机制、文件系统的保护、安全审计以及可信通路的基本内容。

1. 账户控制与特权管理

账户控制与特权管理是操作系统安全的第一道屏障。账户身份是出入系统的"出入证"，正如进入某会场需要入场证一样，参加会议的人员有组织者、嘉宾、普通与会人员，不同的身份拥有不同的待遇，扮演不同的角色。操作系统也一样，账户控制模块对系统用户进行分组，不同用户组的用户拥有不同的使用权限，只有特定组的用户拥有特权，而普通用户没有特权，对系统的访问和控制就要受更多的限制。

现在的多用户操作系统，一般都实现了分组账户控制与特权管理，只是对不同的系统，用户分组方式和授权方式稍有不同。下面介绍常用的 Windows XP 和 Linux 系统进行用户分组管理和权限分配的方法。Windows XP 将用户分为以下几个组进行权限管理，如图 4.8 所示：① 管理员组（Administrators），默认情况下，该组中的用户对计算机有不受限制的完全访问权，允许对整个系统完全控制；② 普通用户组（Users），该组用户根据管理员授权可修改相应的计算机设置，安装不修改操作系统文件且不是系统服务的应用程序，创建和管理本地用户账户和组，启动或停止服务进程，但不可访问磁盘分区上属于其他用户的私有文件；③ 高级用户组（power users），系统允许该组成员修改整个计算机的设置，但不具有将自己添加到 Administrators 组的权限，在权限设置中，这个组的权限次于 Administrators 组但高于 Users 组；④ 来宾组（guest），该组用户可操作计算机并保存文档，但不可以安装程序或进行可能对系统文件和设置有潜在破坏性的任何修改。在 Linux 操作系统中，被称为根用户（root）的账户权限是最高的，被称为超级用户，相当于 XP 中的 Administrator；在系统中，每个文件、目录和进程，都归属于某一个用户，其他用户没有属主授权是无法访问的，但对 root 除外，它可以超越任何用户和用户组来对文件或目录进行读取、修改或删除，也可以控制进程的执行和终止以及管理硬件设备的添加、创建和移除等；其他 Linux 用户需要 root 创建，其访问权限需要资源属主授权。

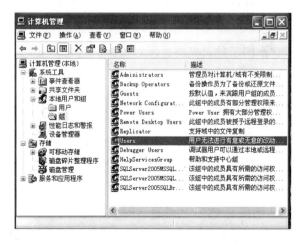

图 4.8　一个 Windows XP 系统的用户分组情况

2．内存和进程的隔离和保护

在多任务操作系统中，由于并行运行着多个进程，它们之间相互竞争资源，很可能存在冲突而使得系统陷入瘫痪。采用内存和进程保护机制可以解决这个问题，它为每个进程划出一块内存空间并设置类似访问控制的"屏障"予以保护，进程相互之间不能越过"屏障"侵入其他进程的领地，从而保证系统中各个进程互不干扰，也就是常说的两个隔离——进程与进程之间的隔离以及用户空间与系统空间（内核）的隔离。

通过前面的讲述，相信读者已经清楚，并发进程在内存中分配相互隔离的地址空间，用于存储当前所需的代码和数据。实际上，如图 4.9 所示，地址空间至少分为两个部分，一部分用于存储用户数据和代码，称为用户空间，一部分用于操作系统使用，称为系统（内核）空间，用户进程共享一个内核空间。内存保护一般就是在这种模型上实现安全机制的。内存隔离和保护存在双重功效：一方面，内存保护实现用户空间和内核空间的分离，它禁止在用户模式下运行的非特权进程向内核空间进行写操作，只有在系统模式下，才允许进程对所有的地址空间进行读写，用户之间的内存也不相互干扰；另一方面，内存保护实现用户进程之间的隔离，每个进程都关联一个地址描述符，用来描述进程对系统内存某页或某段的访问权限，一般它指明了是否允许进程对内存中的某页或某段进行读写和运行操作，并在地址解释期间由处理器进行校验。

前面已经提到，进程的运行需要获得 CPU 的占用权，因而进程的保护，除了上面提到的内存空间的隔离，还可以通过时间隔离来实现，即对 CPU 实行分时调度。每个时间片执行一个进程，当需要调度 CPU 运行进程 A，操作系统将当前运行进程 B 的上下文保存在分离的进程控制块（PCB，Process Control Block）PCB_B 中，而后用 PCB_A 的内容改写 CPU 和寄存器的状态，恢复进程 A 原先的执行环境，如此不断反复，直到进程结束。

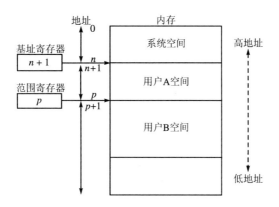

图 4.9　多用户操作系统的内存分配与隔离

3．文件系统保护

计算机中的文件存储了代码、配置信息和用户数据等，操作系统需要采取适当的手段使得它们被安全存储和使用。可以想象，文件的安全起码涉及对事故或故障的预防和信息的保密两个方面。例如，普通计算机用户的磁盘上都设有不同的磁盘分区（如 C 盘、D 盘），磁盘下又设有目录及个人文件，这种文件的组织和管理是由操作系统的文件系统来支持的，它除了负责文件存储空间的组织和分配，还提供一定的文件保护措施。不妨考虑下面的情况，在你转储文档时，系统突然断电，此时，文件究竟是被转移了还是没有转移？前面说过，多用户系统中有很多用户同时使用系统，一个用户在磁盘上存放的私人文件显然不想被其他用户窥视，这又该怎样实现呢？

针对硬件故障，诸如 Windows 和 Linux 的常用操作系统都提供了相应的文件保护功能。在 Windows 系统中，当 NTFS 文件系统发生系统故障时，文件系统可以使用日志文件和检查点信息自动恢复文件系统的正确性；对 Linux 系统的 Ext3 文件系统，当发生故障后，它可以根据日志文件中的记录回溯并处理故障的遗留问题，恢复文件系统。

针对文件保密，操作系统一般采用访问控制和加密文件系统实现，这里仍然主要以 Linux 和 Windows 为例进行说明。采用访问控制的目的是让非授权的用户不能打开相关的文件，前面 4.1 节已经描述了 Windows 基于 ACL 的访问控制手段，这里再描述 Linux 的实现方法：Linux 采用基于保护位的访问控制，系统中的每个文件都有一个 9 位的权限组，如图 4.10 所示，它把用户分成 3 类——文件主（Users）、本组（Group）和其他用户（Others），同时规定了 3 种权限——读（r）、写（w）、执行（x）；这样，当某个用户提出使用某个文件的请求时，系统先检查该用户是哪类用户，然后校验该用户对文件的访问权限。为了实现更细粒度、更灵活的访问控制方法，有的 Linux 也推出了基于 ACL 的技术，这里不再详细介绍。但是，读者应该看到，当计算机操作系统不起作用的时候（如将磁盘拆卸下来，放入另外一个系统中作为数据盘），文件仍然存储在磁盘上，这时候访问控制失效。因此，在 Unix 中，人们最早实现了加密文件系统，当前最常见的加密文件系统是 Windows 内置的 EFS 系统。Windows 2000 以后的 Windows 系统通过使用 EFS 来提高其外部存储的保密性，如图 4.11 所示，EFS 也是建立在公钥加密前提下的，它能够以对加密用户透明的方式实现指定存储目录中全部文件的加密。首先，系统用临时生成的对称密钥加密文件，随后，这个对称密钥将分别被加密用户和恢复代理的公开密钥所加密，这三个被加密的成分将合并为一个文件进行存储。显然，只有加密用户本人和恢复代理可以解密该文件。

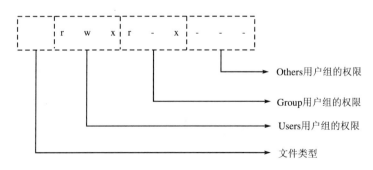

图 4.10　Linux 中用户组的文件访问权限控制位示意

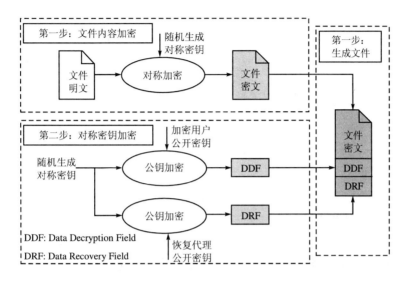

图 4.11　Windows 2000 中加密文件系统的加密

4. 安全审计

一个系统的安全审计就是对系统中有关安全的活动进行记录、检查及审核。如果说账户管理与权限分配、文件保护、内存保护是主动保护操作系统，那么审计则是通过一种事后追查的手段来保护系统的安全性，通过审计记录可以对事故的原因进行查阅或调查，从而有效地追查出事件发生的地点、过程及负责人。简单地说，审计是一种日志，审计系统是一种责任与事故追查及认定系统。

被审计的活动被称为审计事件，通常的审计事件参见表 4.1。审计事件一般是用户或者系统的一次操作，例如，用户通过系统调用创建了一个新的文件夹，为了能够反映用户的这个动作，系统可以设置事件为 create，而仅仅审计 create 事件的发生还不能达到追查某一行为的能力，因此审计日志中还应该添加一些信息，包括事件发生的日期和时间、行为的发起人等，即包括能够区分事件主体的唯一标识集合，以及这个事件成功与否等。这些信息连同审计事件一起构成了审计日志中的一条记录。例如，一条审计记录可以表达为：标识为 007 的用户在 2009 年 7 月 19 日 9 时 10 分 15 秒 时执行事件 create，并且成功。

表 4.1　通常的审计事件类别

类　别　名　称	包括的主要事件
系统事件	系统启动、关机、故障等
登录事件	成功的登录、失败的登录、远程登录等
资源访问	打开、修改、关闭资源等
操作	进程、句柄等的创建与终止，对外设的操作、程序的安装和删除等
特权使用	特权的分配、使用和注销等
账号管理	创建、删除用户或用户组，以及修改其属性
策略更改	审计、安全等策略的改变

　　以 Windows XP 系统的审计为例，审计子系统主要有三种日志：系统日志、应用程序日志和安全日志，可以使用"事件查看器"浏览它们。系统日志和应用程序日志是系统和应用程序生成的错误警告和其他信息，用户可随时进行查看。其中，系统日志主要记录了系统的登录、用户操作、进程活动、资源分配、系统故障和安全事件等信息，应用日志记录了具体应用关心的内容。安全日志则是与系统安全相关的审计信息，只能由审计管理员或者计算机管理员查看和管理。一个 Windows XP 系统的系统日志如图 4.12 所示。

图 4.12　一个 Windows XP 系统的系统日志

需要注意的是，审计过程会增大系统开销，包括 CPU 时间和存储空间，如果设置审计事件过多，势必使系统的性能相应地下降，因而在实际中，系统管理员应先摸清系统可以承受的开销，有选择地确定对系统中哪些事件进行审计。

5. 安全内核与引用监视器

操作系统的核心安全功能往往被设计在内核中，操作系统内核的这个部分被称为安全内核。安全内核有利于实现以下性质：① 隔离性，即将安全功能的实施与用户空间隔开，有利于保护安全功能本身不被外界侵害；② 统一性，即将核心、通用的安全功能由一组代码实施，有利于安全功能的一致性；③ 紧凑性和可验证性，即由于安全内核中的安全功能相对单一，因此代码尺寸小，有利于进行验证；④ 覆盖面广，即由于系统调用都要经过内核，因此，可以确保实施了所需的安全检查。

安全内核能够实现的功能很多，这里不再逐一介绍。引用监视器（Reference Monitor）是安全内核功能的一个典型代表，这里通过介绍它展示安全内核的作用。在信息系统中，某个主体能否访问一个客体，是由访问控制来判定的。在操作系统中，访问过程是否是按照访问控制规则运行，一般是由引用监视器来监督的，如图 4.13 所示。引用监视器实现了所谓的引用验证机制，它可以是硬件和软件的组合。访问控制规则库是个逻辑概念，它包含主体所能访问的客体集合以及规定的访问方式，引用监视器则监视控制着从主体到客体的每一次访问，并将被审计的访问事件存入审计文件之中。当前人们普遍认为，引用验证机制需要满足三个原则：必须具有自我保护能力，必须总是处于活跃状态，必须不能过于复杂，以利于验证其正确性。因此，当前多数操作系统在内核实现这类功能，它的实现加强了操作系统的访问控制功能。

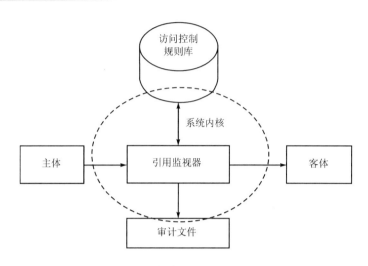

图 4.13 操作系统的引用监视器模型

6. 可信通路

考虑这样一种情况:用户想要登录系统,向操作系统发送账户信息,但是攻击者在计算机系统中植入了恶意的木马程序(4.5 节有关于木马程序的详细介绍),木马欺骗用户,给出一个模拟的系统登录过程,用户却误认为是与安全的系统交互,这样用户口令就会在模拟登录过程中泄露。这种情况下就需要一个机制保障用户与操作系统内部通信的安全,可信通路便提供这种保障。

提供可信通路的最简单的办法是系统分配给每个用户两台终端或者输入设备,一台用于处理日常工作,另一台专门用于和操作系统内核交互,这种交互不能被监听。这种办法虽然简单,但是代价太高。实际应用中是通过向内核发送信号,内核执行一些操作,实现为用户建立可信通路。以 Linux 系统为例,它通过"安全注意键(SAK,Security Attention Key)"通知内核,其中 SAK 是一个键或一组键,如在 x86 平台上,SAK 可以是 ALT-SysRq-k 的三键组合。SAK 具有一种安全特性,在操作系统的设计上,已经使得它不会被无关软件拦截或伪造。Linux

建立可信通路的过程如图 4.14 所示：首先，由系统监视键盘输入，如果是 SAK，那么系统响应命令，执行操作杀死或者暂停当前用户的所有进程，当然包括正在监听终端设备的登录模拟器，从而建立一条安全的通路。

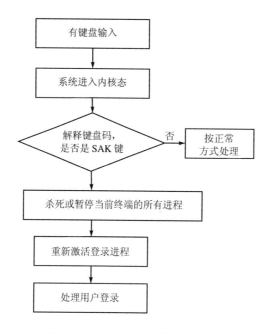

图 4.14　Linux 建立可信通路流程图

4.2.3　安全操作系统的研制

操作系统作为构建各类信息系统的基础，它的安全性引起了人们的广泛关注。提高操作系统安全通常有两种方式，一方面，设计者可以从不同的角度分析系统，对现有操作系统进行安全性增强，前面提到的方式大多属于这类，然而，由于缺乏充分的安全验证，这种方式可能在解决安全问题上不够彻底；另一方面，可以根据特定的安全目标，对相关设计进行验证，开发专门的安全操作系统。

安全操作系统的研制在 20 世纪 60 年代分时计算机系统诞生后不久就开始了，至今，安全操作系统的研究历程可以划分为奠基时期、食谱时期（Cookbook period）、多策略时期和动态策略时期四个发展阶段。1967 年，计算机资源共享的安全控制问题引起了美国国防部的高度重视，美国国防部专门组织人员研究安全操作系统，至此开始了我们所说的奠基时期，它以 20 世纪 60 年代末期美国军用安全分时操作系统——Adept-50 的诞生为标志。在探索如何研制安全操作系统的同时，人们也在研究着如何建立评价标准去衡量计算机系统的安全性。第一个计算机安全评价标准是所谓的"橘皮书"，即美国国防部于 1983 年颁布的《可信计算机系统评估准则》（TCSEC，Trusted Computer System Evaluation Criteria），它把安全操作系统的研制带入了一个新的阶段——食谱时期，人们开始以 TCSEC 为"菜谱""烹饪"新的安全操作系统。多策略时期始于 1993 年，这个时期人们超越了 TCSEC 等测评标准的范围，促使安全操作系统从支持单一安全策略到支持多种策略，然而，从支持多种安全策略到支持灵活的策略还有相当一段距离。从 1999 年开始，人们迎来了安全操作系统研究的新时期——动态策略时期，人们期望使安全操作系统支持多种安全策略的动态变化，不但实现策略的多样性，也实现策略的灵活性。当前，较为知名的安全操作系统有 SE-Linux、EROS 和 DG/UX B2 等。

4.3 日益成熟的数据库安全

4.3.1 数据库安全需求

在我们的日常生活中，个人、企业或机关都需要保存和管理大量信息，而数据库的产生为人们存储、处理和获取信息提供了更方便、更强大的手段。数据库是指存放数据并支持数据查询、增删、修改、计算等操作的基础信息系统。数据库管理系统（DBMS，Database Management System）通过数据库系统软件提供的接口操作数据库内的信息，按照系统配置和用户的操作需求，并加以整理、存储，或者将查询、计算结果以一定的用户界面展现出来。不但大多数应用信息系统都构建于数据库之上，就连手机也常采用数据库管理电话记录和短信等信息。

数据库存储的信息往往数量多、价值大，那么它到底可能面临哪些安全问题呢？可以想象，作为一个系统，安全问题可能来自恶意攻击或者系统故障。恶意攻击者对数据的破坏往往有几种形式，一种是窃取数据，这种破坏很好理解，就是通过越权或者假冒获得数据库中的数据，并利用此来进行一些不法行为；另一种是损毁数据，比如说删掉或者修改数据，或者破坏数据之间的关系。需要指出的是，数据库不仅包含数据本身，还包含了数据之间的关系，这是因为，系统不可能把所有的数据都存在一个数据表中，而是分散在很多表中，这些表会有某些关联和制约关系，数据和数据之间的这类关系一般被称为数据完整性。如果数据完整性被破坏，数据库的数据就处于错误的状态，例如，在"花名册"表中没有张三这个人，但在"工资"表中却有他的工资记录。当然，非恶意的操作也能够破坏数据及其关系，也是一种攻击，这种非恶意攻击还包括系统故障造成的数据丢失、操作失误等。

综合上述，可以将数据库的安全需求总结为需要获得以下几个性质：① 数据完整性，它主要指数据库中的数据必须满足相关约束，以满足所支撑业务处理的要求，例如，某个数据是特定的类型、在特定的范围内、与其他相关数据保持对应等；② 操作可靠性，它主要指数据库往往是重要业务操作的对象，这些操作一般分为多个步骤，为了不造成坏数据，需要确保这些操作作为一个整体成功或失败；③ 存储可靠性，即数据库需要提供可靠的方法存储数据，减小系统故障、数据丢失、损坏的风险；④ 数据保密性，即数据不应受到未授权的浏览。

◢ 4.3.2　主要的数据库安全技术

针对以上安全需求，人们已经提出了一些有效的数据库安全技术，这里将其主要的内容归纳概述如下。需要指出的是，由于数据库所需的访问控制技术与前面介绍的类似，这里不再重复。

1．数据约束

数据约束是实现数据库数据完整性的基本手段之一。对数据约束的理解可以从简单的生活实例着手，例如，我们设置电子闹钟时，它不允许我们输入 25:00，这是因为时钟已经作了数据约束处理，不允许发生不该有的谬误；当财务部门发工资时，对不在册的职工是不能编制工资记录的，在现实的工资管理信息系统中，计算机程序往往利用了数据库提供的数据约束机制进行了类似的处理。因此，数据约束是数据库系统在用户的要求下执行的一些数据存储和操作制约原则，以保证数据之间的关系处于正常的状态。

DBMS 一般通过约束定义、约束检查和违规处理等过程提供数据约束功能。DBMS 提供定义完整性约束条件的接口，用户除了定义一般的约束条件外，还可以定义"触发条件"，规定在特定情况下需要进行额外的约束检查。显然，为了使得业务数据的完整性得到保护，操作人员或数据库开发人员需要将业务数据的自然约束对应到以上数据约束中去。DBMS 应检查用户发出的操作请求是否将违背完整性约束条件，这种检查在数据更新前进行，也可以在任何满足触发条件的情况下进行，后一种情况就是数据库中常使用的触发器（Trigger）方法。若 DBMS 发现用户的操作将使得数据违反了完整性约束条件，则会采取一定的措施保护数据的完整性，一般的处理包括报错、报警、撤销操作、进行审计等。

在数据库中，除了可以直接定义字段的数据类型、值域等较易理解的约束条件外，常用的约束条件还包括主键（Primary Key）约束和外键（Foreign Key）约束。主键约束对应一个或多个字段，它或它们的值唯一标识一个行，即值不能有重复，这个约束可以避免查询、更新记录出现涉及多个记录的不确定情况。外键约束制约表之间的关系，用于要求一个表中的相关字段值必须参照另一表中的数据。例如，某员工管理数据库有"部门"表和"雇员"表，如图 4.15 所示，前者反映部门的基本情况，后者反映雇员的基本情况，两张表都有整数型 dpt_no 字段，前者反映部门编号，后者反映员工所属部门；在"部门"表的定义中约定它以本表的 dpt_no 字段为主键，这样可以避免不同部门被冠以相同的编号，在"雇员"表的定义中约定它的 dpt_no 字段以"部门"表中相同字段为外键，这样，若"部门"表中没有的编号，如 5，就不允许出现在"雇员"表的 dpt_no 字段上，这样可避免将员工归属到不存在的部门，这些显然符合实际业务的要求。

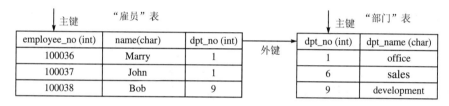

图 4.15　主键约束和外键约束示例

2．事务操作

当前，银行和证券部门普遍依靠计算机和数据库系统进行业务处理，但是，若在电子转账中，乙方将账户中的钱转移到甲方账户，但忽然计算机出现故障，这时候账目是个什么情况呢？实际在任何电子业务处理中，都会面临这一问题，对数据库系统来说，这些都涉及以下将要介绍的事务操作安全性。

为了实现可靠操作，数据库中引入了事务的概念。事务指的是用户定义的一个操作序列，它具备有四个特性：① 原子性，它要求事务是一个不可分割的整体，一个事务的执行要么完全成功，要么执行失败后完全撤销，不能一半执行一半放弃；② 一致性，即在每一个事务操作前后，数据库都应处于满足各类约束的正常状态，如果一个事务的执行破坏了正常状态，那么系统将撤销这次事务所有的操作，回滚到事务开始时的状态，如图 4.16 所示；③ 隔离性，它要求事务的执行不能被其他事务干扰，事务之间不发生冲突，例如，为了避免多个事务同时修改一个表造成业务混乱，可以在事务执行中独占一个表的修改权；④ 持续性，它要求一个事务一旦成功，它对数据库中数据的改变就应该是永远的。不难发现，使用事务加强了数据库操作的可靠性和正确性。

图 4.16　数据库事务运行流程示意图

3．数据备份与恢复

比如说某人手机的联系人因为一个误操作而全被删了，而他前几天在个人计算机上刚做了一份副本，相信他一定很庆幸吧，至少损失不会那么大。同样，安全数据库也考虑了这个问题，叫做数据备份与恢复。

数据备份最常见的形式是热备份和冷备份。对于一个很忙的系统，它可能要24 小时地工作，那只能在正常工作中将重要数据备份到另外一个存储设备中，这叫做热备份；而将系统暂停下来进行备份，就叫做冷备份。上述两种方法都有各自的缺点，在热备份中，数据库系统还处于运行中，但此时进行的备份还来不及记录最新接收到的数据。而冷备份在现实生活中是不容易实现的，像那种大型的数据库的备份是需要很长时间的，关闭所有的外部连接的损失可能是不可估量的。

还有一种备份叫做逻辑备份，是使用软件技术从数据库中导出数据并写入文件中。这个文件的格式与原数据库的文件可以不同，仅仅是原数据库中数据内容的一个表达形式，例如，它们可以是一些数据库、表和记录的创建脚本。

有了备份以后，如果系统出了故障，就可以利用它来进行恢复了。但是这种恢复有个缺点，它只能恢复到所保存的那个状态，但是在那之后的数据依然是恢复不了的。有一种恢复方法利用了日志文件，日志文件记录了数据库的每次操作，这样就可把数据库恢复到故障前某一时刻的正常状态，这类似于事务的回滚。

4．数据库数据保密

数据库保密可以部分借助前面介绍的访问控制技术实现，但是，与保护操作系统文件中存在的问题类似，当 DBMS 不再运行时，访问控制机制就不起作用；另外，数据库的普通用户不一定信任管理员，或者管理员也不适合查看相关数据，因此，对数据库用户来说，仍然存在数据库加密的可能需求。

数据库加密主要有两种形式。第一种形式是库内加密：加密密钥可以由数据库属主决定，数据在保存时会被自动加密，在用户或者应用程序读取数据之前，系统会先将数据解密。因此，库内加密对授权用户可以是透明的，即合法用户一般感觉不到数据被加解密了，如图 4.17 所示，而实际上其他用户则只可能看到密文。库内加密可以分为以数据库表为单位加密、以一条记录为加密单位或者以一个数据字段为加密单位。另一种数据库加密是库外加密，在这种方式下，加解密过程独立于数据库系统，一般是调用专用的加密组件来完成加解密的，这种处理方式对数据库合法用户不透明，但可能能够实现用户的特殊要求。

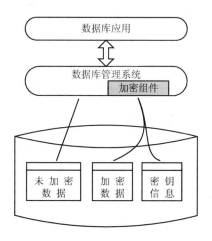

图 4.17 数据库库内加密示意图

4.4　蒸蒸日上的可信计算技术

4.4.1　可信计算的诞生

我们知道计算机器件从电子管到晶体管，再从集成电路到超大规模集成电路以至微处理器，实现了多次大的飞跃，而计算机也从刚开始要占几个房间的大型机逐步发展为小型机，一直到我们现在所使用的 PC。计算机的价格不断降低，体积也逐渐缩小，使得计算机能够迅速普及。大概没有人不知道 Microsoft 公司，其创始人比尔·盖茨曾说，要让每个家庭和办公室都拥有一台计算机，现在他说基本实现了。而随着 Internet 的发展，我们现在还可以在网络上进行学习、工作、开会等，网络的成长也对计算机的普及起着重要作用。

但是计算机是一个具有复杂结构的机器，缩小体积必然会使得机器内部结构简化，这也必然导致一些安全措施会被舍弃，因此现代微型计算机的一大特点就是软硬件资源可以被应用程序容易地占用，比如说程序员随便写一个简单的程序就可以调用机器的硬件资源，不必感到惊讶，事实上您也可以。正是因为这个原因，我们的计算机很不安全，相信很多人都有这种感觉。此外，网络的发展使计算机突破了地理隔离，成为网络中一部分，但是，很多网络协议缺少安全设计，存在安全缺陷，这使得信息泄露和网络攻击成为可能，而网络协议的复杂性使得对其进行安全证明和验证十分困难。

出现这些问题的根本原因之一是，现有的终端平台软硬件的结构过于简单，安全措施缺乏。这就好比一个房子，把防护门、防护窗都拆了，墙也从原来的 30 厘米厚削成了 15 厘米厚，还怎么能保证小偷进不来？因此，为了防止安全事件的发生，人们提出了从芯片、硬件结构和操作系统等方面进行综合防范的思想，可信计算就是由这样一个思想发展而来的。那么到底什么是可信计算呢？我们首先要理解"可信"，对于这个问题，也许每个人的理解都不一样。国际可信计算组（TCG，Trusted Computing Group）对"可信"的定义为：一个实体在实现给定目标时，若其行为以预期的方式，朝着预期的目标，则该实体是可信的。这是从实体行为的预期性来定义的。比尔·盖茨则认为，可信计算是一种可以随时获得的可靠安全的计算，使人类信任计算机的程度，就像使用电力系统、电话那样自由、安全。这是从用户目标的角度来看的。但是不管怎样，对"可信"的目标都可以归结为：系统的运行是完全遵循用户设计的，并且得出的结果是可控的、正确的、不会泄露的。

可信计算的历史不算很长，可以说是一门新兴的信息安全分支。1983 年，美国国防部制定了 TCSEC，在 TCSEC 中第一次提出可信计算机和可信计算基（TCB，Trusted Computing Base）的概念，并把 TCB 作为系统安全的基础，因此 TCSEC 的面世推进了可信计算的初期发展。至 20 世纪 90 年代末期，人们陆续提出了可信计算的主要思想，而现在可信计算的主要推动者是来自由 IBM、HP、Intel、Microsoft 等著名 IT 企业在 1999 年发起成立的可信计算平台联盟（TCPA，Trusted Computing Platform Alliance），该组织于 2003 年改组为可信计算组织 TCG（Trusted Computing Group）。我国也成立了相关的可信计算组织如中国可信计算工作组 TCMU 和中国可信计算联盟，推进可信计算在我国的发展和应用。

◢ 4.4.2　可信计算支撑技术

可信计算支撑技术是确保可信计算可以实施的基础。可信计算支撑技术包括认证密钥、安全输入/输出、内存屏蔽与受保护执行、封装存储和远程证明等，下面我们做一简单介绍。

1．认证密钥

正如前面曾经介绍的，密钥可以作为认证的依据：被认证者通过与验证者交互，证明自己掌握某个密钥，从而使自己得到信任。在可信计算中，普遍地存在这类认证需求，权威方为可信计算的各组成部分颁发密钥，验证方需要确信被认证方具有来源可信的密钥。

2．安全输入/输出

安全输入/输出指的是计算机用户与软件之间的交互过程要受到保护，也就是要能够进行安全的输入，并保证软件输出的数据不会泄露。在当前的计算机系统中，一些恶意软件可以通过很多途径截取用户与软件进程间传送的数据，例如，它们可以监听键盘来获得用户的输入内容，通过截取屏幕则可以获得系统的输出。由于被非法修改的软件，可以被恶意者用来获得输入/输出信息，因此，实现安全输入/输出还要求确认软件没有被修改，并且能够及时将恶意软件检测出来，这样才能确保整个通信信道的安全。

3．内存屏蔽与受保护执行

内存屏蔽和受保护执行是对当前内存保护技术的扩展，提供了对内存敏感区域（如放置密钥的区域）的全面隔离，甚至操作系统也无法访问屏蔽的内存，所以其中的信息在侵入者获取了操作系统控制权的情况下仍然是安全的。这就像您家的现金肯定不会随处乱放，一般都会放在一个比较保险的抽屉或者柜子里面，这样有些小偷即使能够破门而入，现金也不一定会被轻易偷走。

4．封装存储

封装存储是使用特定的软硬件产生密钥，加密用户数据，这意味着该数据仅在系统拥有同样的软硬件组合时才能读取。例如，很多人喜欢在计算机上对有关自己的敏感信息进行记录并分析，有些账户管理软件还会帮助用户管理银行账户和证券交易账户信息，但是，有些恶意软件可以获得用户的这些信息。不要以为设置了系统或者应用软件的口令就安全了，运用字典攻击很可能猜测到口令。而且有些病毒还能修改用户的系统或软件，用户只要打开篡改过的软件就会泄露相关内容。封装存储技术就是解决这类问题的，它利用硬件芯片生成的密钥（有时还可以与软件合作生成密钥）进行加密，这个密钥是用字典攻击等一般方法无法攻击的，必须要由相同的芯片才能再次产生，这样就能保证了在其他计算机系统下无法解密并读取盗窃的数据。

5. 远程证明

远程证明使得用户或其他人可以检测到该用户计算机的变化情况，这样可以避免向不安全或安全受损的计算机发送私有信息或重要的命令。比如说我们用 QQ 与客户聊天，可能会涉及公司的机密内容，因此当然不希望对方的机器受到别人的监视，这时我们可以要求对方通过硬件对聊天软件和系统安全状况生成一个证书，这可以向通信的另一方表明没有受到篡改或者监听等威胁，使得双方可以"可信"地交流。

读者不难体会，若通过这五类技术的结合，可以为计算机用户提供一个更安全使用计算机的方式。例如，在键盘输入和屏幕显示时，计算机受到安全输入/输出的保护，内存屏蔽在重要软件运行时保护内部敏感信息，封装存储在敏感信息存储到硬盘时保护它，在与其他计算机通信时，远程证明确保发出的信息不受远程非授权软件的截获，并且以上过程中不同部分之间的交互时时受到认证技术的支持。

 ### 4.4.3　TPM 和 TCM

这里我们主要介绍可信计算领域比较著名的两个概念 TPM 和 TCM。

1. TPM

TPM 是英文 Trusted Platform Module 的缩写，中文意思就是可信平台模块。TPM 是 TCG 组织提出的一个概念，是可信计算技术体系中最为核心的芯片，它的地位近似于可信计算系统的心脏，是各个部位能够有效运作的基础。比如说，

TPM 可以独立生成密钥，并利用这个密钥进行加解密操作，在 TPM 内部拥有独立的处理器和存储单元，可安全地存储密钥和重要数据，并为计算机提供加密和安全认证服务。TPM 至少需要具备四个主要功能：对称与非对称加密、安全存储、完整性度量和签名认证。TPM 的结构和功能如图 4.18 所示。

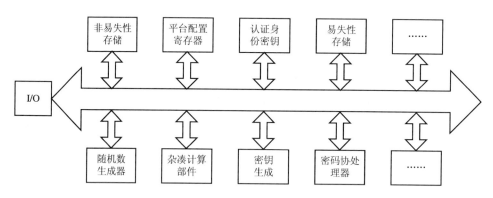

图 4.18　TPM 内部结构示意图

　　TPM 的硬件功能包括多方面的特性：① TPM 负责产生密钥，用于系统所需的加密和解密，它的加解密是在芯片内部进行的，可以带来两大好处，一是硬件执行起来当然比软件要快，二是安全性高，因为攻击者难以知道芯片的内部行为；② TPM 采用专门的算法来验证计算机系统软硬件的可信性，对于机器上任何软硬件变化都会进行监控；③ TPM 还提供管理功能，允许合法用户执行启用或关闭芯片、重新初始化芯片等功能。

　　TPM 配合专用软件可以实现更多的用途。首先，它可以存储、管理 BIOS 开机口令。以往的 BIOS 口令存储在 CMOS 中，CMOS 是一块可擦写的存储芯片，因此如果忘记了密码只要取下 BIOS 电池，给 BIOS 放电就清除密码了。而将密钥存储在 TPM 的存储单元中，即便是放电其信息也不会丢失。其次，TPM 的加密功能可以有更广泛的应用。比如说 TPM 可以对系统登录、应用软件登录进行处理，并且系统可以通过 TPM 对账号和口令进行加密后再进行传输。再次，TPM 可以以更安全的方式加密硬盘分区，它可以加密计算机上的任意一个硬盘分区，用户可以将一些敏感的文件放入该分区以实现保护。

2. TCM

TCM 是英文 Trusted Cryptography Module 的缩写，中文意思就是可信密码模块。TCM 是中国国家密码管理局于 2007 年发布的《可信计算密码支撑平台功能与接口规范》中提出的一个重要概念。TCM 是可信计算密码支撑平台必备的关键基础部件，提供独立的密码算法支撑。功能上，TCM 与 TPM 类似。TCM 是硬件和固件的集合，可以采用独立的封装形式，也可以采用 IP 核的方式和其他类型芯片集成在一起，提供 TCM 功能。其基本组成结构如图 4.19 所示。

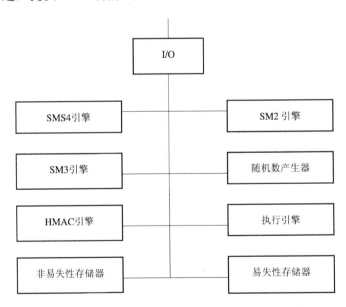

图 4.19　TCM 基本组成结构示意图

在图 4.19 中，I/O 是 TCM 的输入/输出硬件接口；SMS4 引擎是执行 SMS4 对称密码运算的单元，SMS4 是中国相关规范采用的对称密码算法；SM2 引擎是产生 SM2 密钥对和执行 SM2 加/解密、签名运算的单元，SM2 是中国相关规范采用的椭圆曲线密码算法，包括椭圆曲线数字签名算法（SM2-1）、椭圆曲线密钥交换协议（SM2-2）和椭圆曲线公钥加密算法（SM2-3）三个子算法；SM3 引擎是执行杂凑运算的单元，SM3 是中国相关规范采用的密码杂凑算法；随机数产生器是生成随机数的单元；HMAC 引擎是基于 SM3 引擎的计算消息认证码单元，MAC 是中国相关规范采用的消息验证码算法；执行引擎是 TCM 的运算执行单元；非易失性存储器是存储永久数据的存储单元；易失性存储器是 TCM 运行时临时数据的存储单元。

TCM 定义了一个具有存储保护和执行保护的子系统，该子系统将为计算平台建立信任根基，并且其独立的计算资源将建立严格受限的安全保护机制。为防止TCM 成为计算平台的性能瓶颈，将子系统中需执行保护的函数与无需执行保护的函数划分开，将无需执行保护的功能函数由计算平台主处理器执行，而这些支持函数构成了 TCM 服务模块，简记为 TSM。

4.5 日新月异的计算机病毒与防范技术

4.5.1 什么是计算机病毒

在日常生活中，很多种疾病都是由病毒引起的。生物界的病毒存活在活的生物体（寄主）体内，一旦进入细胞，就会给寄主带来不同程度的伤害。计算机病毒与生物病毒有相似之处，也有不同之处，它是人们利用计算机硬件和软件编写的一段程序，它也有传播机制，会给计算机系统带来各种危害。在《中华人民共和国计算机信息系统安全保护条例》中，计算机病毒被定义为"编制或者在计算机程序中插入的破坏计算机功能或者破坏数据、影响计算机使用并且能够自我复制的一组计算机指令或者代码"。对于生物病毒来说，他们一般会经历潜伏阶段、传染阶段、触发阶段和发作阶段，计算机病毒也有类似的特征。虽然计算机病毒各种各样，特征各异，但是它们一般都具有寄生性、传染性、潜伏性、隐蔽性、触发性和破坏性等特征。

最早的计算机病毒和现在的不同，并不是恶意的。20 世纪 60 年代，美国电话电报公司（AT&T）和贝尔实验室中出现了一种叫做"磁芯大战"（Core War）的游戏。游戏双方各写一套程序，输入同一计算机中，让其互相进行厮杀，直至一方的程序被另一方完全"吃掉"。这就是计算机病毒最早的雏形。但是，现在人们编写病毒的初衷已经改变了。最单纯的可能是一些淘气的青少年，他们靠编写计算机病毒进行破坏来娱乐自己，也有一些人故意编写病毒进行破坏；有些人为了经济上的利益编写计算机病毒或者木马等来收集敏感数据，如他人的银行账号信息等，各国黑客也可能采用计算机病毒窃取机密信息；有些软件制作者会把恶意代码嵌入到常规程序中，从而通过这种隐蔽的方式来获取用户的信息。

计算机病毒以各种方式侵入计算机系统并复制自己，对计算机和计算机网络的正常使用造成了极大危害。这些危害主要包括：① 攻击系统，造成系统瘫痪或者操作异常；② 危害数据文件的安全存储和使用；③ 泄露文件、配置或者隐私信息；④ 肆意占用资源，影响系统或者网络的性能；⑤ 攻击应用程序，例如影响邮件的收发。例如，1988 年，一些公司和大学遭遇了"耶路撒冷"病毒的突然发作，病毒摧毁了计算机上重要的执行文件。早期病毒主要由移动介质传播，例如，病毒可能首先潜伏在软盘或者光盘上，待有主机使用它，就侵入主机，已经侵入的病毒还会复制自己到移动介质上继续传播。20 世纪末，随着 Internet 的发展和普及，各种病毒开始利用网络进行传播，破坏范围和威力也一次次增大。例如，1999 年 3 月，"梅丽莎"病毒席卷欧洲，它伪装成一封来自朋友或同事的电子邮件，当用户打开邮件后，病毒会让受感染的计算机向外发送 50 封携带病毒的邮件，继续复制自己。在网络环境下，执行下载的恶意文件很容易感染病毒；浏览恶意网页时，计算机可能通过使用网页脚本、控件感染病毒；当计算机存在安全漏洞时，很可能由于遭受了网络攻击而感染病毒。在一些情况下，大量复制的网络病毒甚至可能引起服务器和网络通信的瘫痪。

4.5.2 典型的计算机病毒

广义的计算机病毒不但包括面向破坏主机系统的病毒，还包括蠕虫（Worm）和木马（Trojan Horse）、网络钓鱼（Phishing）等恶意程序。僵尸网络（Botnet）被认为是一种新的恶意网络系统，也可以被看作一种新的网络病毒。

1．计算机病毒

这里所说的计算机病毒是狭义的，即面向破坏主机系统的病毒。这类病毒程序一般由感染模块、触发模块、破坏模块和主控模块组成。感染模块是病毒进行感染的部分，主要作用是将病毒代码传染到特定的计算机部位或者文件中，主要包括计算机的引导区、可执行文件和有宏指令的文档等，这些被感染的对象都有个特点：有可能被执行而使得病毒有机会获得执行权。请注意，病毒的执行获得了合法用户或者系统的身份，绕过了前述的访问控制机制，因此具有很大的破坏力。病毒触发机制主要取决于感染方法，它通过判断感染时预定的触发条件是否满足来控制病毒的发作和破坏，病毒的触发受到很多客观条件的影响，主要包括日期触发、键盘触发、启动触发等形式。病毒触发后，首先运行的是主控模块，并由它来控制病毒的运行，而破坏模块主要负责实施病毒的破坏操作，可能会破坏文件、数据、硬件，也可能是增加计算机的运行开销使计算机的运行速度变慢。

引导型病毒是破坏力非常强的一类计算机病毒。在每次计算机启动中，BIOS首先被执行，之后主引导记录（MBR，Master Boot Record）和分区引导记录中的代码被依次执行，这是操作系统启动的"必经之路"，因此引导型病毒将引导记录作为感染目标。感染方法一般是将原来的引导代码存储到其他扇区，用病毒代码替换它，如图4.20所示，这样在系统启动中，病毒程序先于原引导程序被执行，在执行中，病毒程序可以直接实施破坏，或者直接将病毒代码驻留内存，伺机破坏。典型的引导型病毒有大麻病毒、2708 病毒、火炬病毒等，它们由于具有系统的执行权限，因此具有很大的破坏能力。

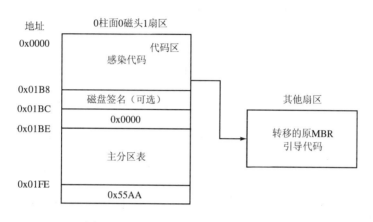

图 4.20 一个被病毒修改的主引导记录

病毒代码可以以不同的方式感染可执行文件，如图 4.21 所示，常见的外壳型病毒并不改变被攻击宿主文件的主体，而是将病毒依附于宿主的头部或者尾部，这类似于给程序加壳，恶意代码将在程序开始或者结束时截获系统控制权；而嵌入型恶意代码寄生在文件中间，隐蔽性更强。感染可执行文件的病毒数量最为庞大，CIH 病毒可以说是其典型代表。1998 年爆发的 CIH 病毒是由一名台湾大学生编写的，病毒的感染对象是可执行文件，发作后能侵入主板上的 BIOS 系统，破坏其内容而使主机不能启动。

微软提供宏语言 WordBasic 来编写宏，允许 Word 等一些常用的结构化文档包含宏以实现一些自动的文档处理。宏病毒是一些制作病毒的人员利用 WordBasic 编程接口制作的具有病毒性质的宏指令集，它们会影响到计算机的使用。例如，在打开一个带宏病毒的文档或模板时，激活了病毒宏，病毒宏还将自身复制到相关文档或者模板中。由于 WordBasic 语言提供了许多系统底层调用，宏病毒可能对系统直接构成威胁。几种典型的宏病毒包括 Wazzu、Concept 和 13 号病毒等。

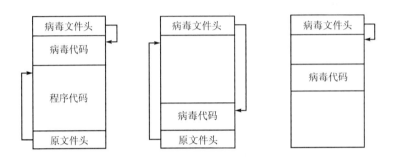

图 4.21 病毒感染可执行文件的前、中、后部示意图

2．网络蠕虫

蠕虫是一种通过网络传播的计算机病毒，具有计算机病毒的一些共性，如传播性、隐蔽性和破坏性等。它虽然可以算是计算机病毒的一种，但是它与普通的面向破坏主机的计算机病毒有些区别。首先，普通病毒通过将自己注入到寄宿程序中来进行复制，而蠕虫是一个独立的程序个体，它通过自身的复制达到传播目的。其次，普通病毒的传染主要是针对计算机内的文件系统或者引导系统，而蠕虫的传染目标是网络计算机。再次，由于两者感染目标的不同，影响也不一样。蠕虫的感染范围是整个网络，它对网络的破坏性要远远大于普通的病毒。在网络高度普及的今天，蠕虫可在短时间内蔓延到整个网络，使得网络瘫痪，造成巨大的经济损失。

蠕虫一般通过以下步骤来进行自我复制：① 搜索系统或者网络，确定感染目标；② 建立与待感染目标的连接；③ 利用目标计算机的漏洞实施攻击，将自己复制到待感染目标，并尽可能激活它们。例如，2004 年 4 月发现的震荡波（Sasser）蠕虫病毒针对 Microsoft LSA 服务缓冲区溢出漏洞进行攻击，该蠕虫攻击主要针对 Windows 2000 Professional、Windows 2000 Server 和 Windows XP Professional 等操作系统有效，它的传播不需要人为的干预，自动搜索网络上含有以上漏洞的系统，并引导这些有漏洞的系统下载并执行病毒文件，中毒计算机出现机器 CPU 资源被消耗殆尽、系统反复重启等症状。

3. 木马

木马（Trojan Horse）最早见于《荷马史诗》中记载的特洛伊战争。战争中，希腊人围攻特洛伊城十年仍未得手，于是有人献计制造一只高二丈的大木马，假装作战马神，让士兵藏匿于巨大的木马中，大部队假装撤退而将木马摈弃于特洛伊城下。城中得知解围的消息后，遂将"木马"作为奇异的战利品拖入城内，全城饮酒狂欢。到午夜时分，全城军民进入梦乡，匿于木马中的将士开秘门由绳而下，开启城门及四处纵火，城外伏兵涌入，部队里应外合，焚屠特洛伊城。后世称这只大木马为"特洛伊木马"。如今黑客攻击程序借用其名，有"一经潜入，后患无穷"之意。

现在说的木马程序是指位于受害者系统中的恶意程序或者为攻击者服务的代理，它伪装成能够提供正常功能的程序。通过木马，黑客可以窥视用户计算机内的文件、盗取计算机中的各种口令并对计算机进行各种遥控操作等。一旦黑客将木马植入了用户的计算机，那么他就可以像使用自己的计算机一样遥控受害者系统，如图 4.22 所示。多数木马本身不具有传染性，平时处于休眠状态，并不影响系统的正常工作。只有它们被激活并接受控制端的命令时，才会执行编写者预先设计的活动。

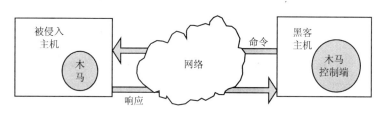

图 4.22　木马运行示意图

隐蔽性与非授权访问是木马的两个重要的特点。木马的设计者为了防止木马被用户发现，会采取很多手段来隐藏木马，例如，将木马乔装改扮为其他程序，或者对进程进行隐藏。此外，非授权访问是木马的主要实现目的，它指当木马控制端与木马建立连接后，控制端可以获取到受害计算机的很多操作权限，例如，修改注册表、文件，控制鼠标、键盘，监视用户操作，窃取信息等。典型的木马包括网络游戏木马、网络银行木马、即时通信软件木马、代理类木马等，它们的编写目的主要是窃取敏感信息或执行非法操作，例如窃取游戏账号、银行账号和即时通信软件账号，或使得受害计算机成为黑客的代理。

4．网页病毒

为了丰富网页的表现力，各种浏览器均不同程度地支持脚本的运行。网页脚本病毒是使用脚本语言编写的恶意代码，它编写简单，传播快，破坏范围广，一旦用户访问相关网页即被感染。网页脚本病毒主要分为两类：第一种专门用于修改注册表，从而修改浏览器主页、锁定主页、隐藏桌面、禁用或添加浏览器功能按钮和禁止使用注册表编辑程序等。第二种可以在用户计算机上读、写文件，并执行指定的命令。在各种脚本病毒中，以 VBS 脚本病毒最为普遍，破坏力也较大。VBS 病毒是用 VBScript 脚本语言编写的，该语言的功能强大，它们利用 Windows 系统的开放性特点，通过调用一些 Windows 对象、组件，可以直接对文件系统、注册表等进行修改。

支持 ActiveX 控件的浏览器也可能遭受恶意控件的侵袭。ActiveX 控件可以理解为嵌入在网页上的二进制小程序，这些程序可以用很多开发语言开发，它们更加丰富了网页的表现力和功能，但是一旦浏览器为了执行某项功能，在网页的引导下安装了一个恶意的控件，则可能遭受该控件带来的破坏。

5．网络钓鱼

网络钓鱼（Phishing）是通过大量发送声称来自银行或其他权威机构的欺骗性

垃圾邮件，试图引诱收信人给出敏感信息的一种攻击方式。网络钓鱼攻击者利用欺骗性的电子邮件和伪造的 Web 站点来进行网络诈骗活动，受骗者往往会泄露自己的私人资料，如信用卡号、银行账户信息、身份证号等内容。

例如，网络银行（网银）钓鱼主要是申请一个与真实网络银行网站相似的域名，比如 www.1cbc.com.cn，注意这里是 1 而不是应该的 i，此域名将链接到黑客伪造的网络银行页面，如图 4.23 所示，不明真相的用户访问该伪装网站很容易就泄露了自己账号和口令。

图 4.23　一个伪造的网络银行支付界面

6.僵尸网络

僵尸网络（Botnet）的系统结构如图 4.24 所示，它是指采用一种或者多种传播手段，使得大量主机感染 Bot 程序，即僵尸程序，从而在控制者和被感染主机之间形成一个可一对多控制的网络，前者可以利用后者执行恶意行为。

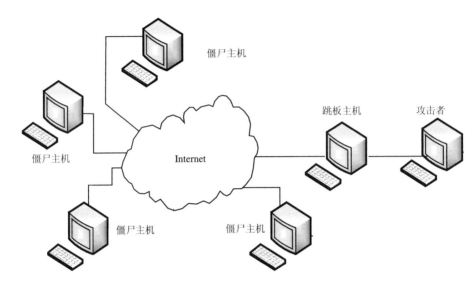

图 4.24　僵尸网络系统结构示意图

　　Botnet 的工作过程包括传播、加入和控制三个阶段，随着 Bot 程序的不断传播，不断有新的僵尸主机添加到这个网络中来。Bot 程序主要通过攻击漏洞、邮件病毒、恶意网页等手段进行传播。在加入阶段，每一个被感染的主机都会被感染的 Bot 程序控制而加入到 Botnet 中去，加入的方式根据控制和通信协议的不同而不同。在控制阶段，攻击者通过中心控制端发送预先定义好的控制指令，让那些被感染主机执行恶意行为，如分布式拒绝服务攻击（DDOS）、发送垃圾邮件等，这些主机就如同"僵尸"一般，因此被称为僵尸主机，而这种网络也被称为僵尸网络。此外，Botnet 的控制者还可以从僵尸主机中窃取用户的各种敏感信息，或者利用 Botnet 从事各种需要消耗网络资源的活动，从而使用户网络的性能受到影响，甚至带来经济损失。

4.5.3　计算机病毒防治

　　为了防治计算机病毒，人们已经提出了一些分析技术，用于研究病毒的特性。

分析技术一般由专业的反病毒技术人员使用,分为静态和动态两种:静态分析是指利用反汇编程序对病毒程序进行分析;动态分析是指利用程序调试工具在病毒运行情况下,对病毒做动态跟踪,观察病毒的具体工作过程。根据这些分析技术,人们已经开发了许多防病毒软件,用于发现计算机病毒的特征和清除它们。另外,人们也开发了一些预防感染计算机病毒的技术手段,并且总结出了很多使用计算机的好习惯,它们有助于阻止计算机病毒的传播。

1. 计算机病毒检测

目前,在对计算机病毒的检测中,检测系统主要采用了特征代码法、校验和法、行为监测法、软件模拟法、比较法、感染实验法等技术手段。

计算机病毒一般以二进制代码形式存在,对脚本病毒也可以将它们看作二进制数据。在病毒代码中,可能存在某一段代码序列,可以用来标识某个特定的病毒,从而被称作特征代码。特征代码法的原理就是利用"病毒库"中存放的特征码和疑似病毒进行匹配,若匹配成功,则认为是发现了相应的病毒。这种方法被认为是用来检测已知病毒的最简单、开销最小的方法,且能知道病毒的名称,但不能预测未知的病毒,需不断地更新病毒库。一些计算机病毒的特征代码实例请参见表 4.2。

表 4.2　计算机病毒的特征代码实例

病 毒 名 称	病毒的特征代码(十六进制)
DISK Killer	C3 10 E2 F2 C6 06 F3 01 FF 90 EB 55
CIH	55 8D 44 24 F8 33 DB 64
ItaVir	48 EB D8 1C D3 95 13 93 1B D3 97
Vcomm	0A 95 4C B3 93 47 E1 60 B4

校验和法计算正常文件的内容或正常系统扇区的校验和,将其存储在被保护的文件或者其他文件中。在文件使用或者系统启动过程中,定期或每次审核当前

被检查文件的校验和与原来保存的校验和是否一致，以此确定文件是否感染病毒。校验和方法既能检测已知病毒，也能检测未知病毒，但是不能识别病毒种类和名称。同时，由于感染计算机病毒并非文件内容改变的唯一原因，因此会产生较多的误报。

计算机病毒在运行中一般存在一些特殊的操作行为，人们通过对计算机病毒的观察和研究，可以总结出它们的一些行为特性，若以此作为特征来检测计算机病毒，相关的方法叫做行为检测法。当程序运行时，同时运行着的反病毒程序开始监视其行为，如果发现有病毒的行为特征，立即报警并阻止病毒程序的执行。

一些计算机病毒在每次感染中变化寄生的代码，这往往使常用检测方法失效。一般这类多态计算机病毒在执行时需要解密上次加密的代码或者提出隐蔽的代码，因此，实际执行代码的特征此时才会暴露。软件模拟法用软件模拟器模拟恶意代码的执行，在执行中识别它的特征。这类方法运行时，先使用常用方法检测病毒，如果发现有多态性病毒嫌疑，启动软件模拟模块，监控病毒的运行，待病毒解密代码后，再运用特征代码等常用方法来识别病毒。但是，由于软件模拟法在执行中代价较高，一般仅在常用方法失效的情况下使用。

比较法在检测恶意代码前，备份相关的文件，在检测中，它对备份文件和被检测文件进行比较，确定是否有病毒寄生引起的篡改。这种方法原理简单、实施方便，可以发现未知病毒，但是需要备份相关文件，而且不能识别病毒。

大多的计算机病毒都会进行感染操作，感染实验法利用了病毒的这一基本特征。如果系统中有异常行为，最新版的检测工具也查不出病毒时，可以采用此法：运行可疑程序后，再反复打开或运行一些先前确定"干净"的文件，然后观察这些文件的长度和校验和，如果它们发生变化，可以断言可疑程序中有病毒。

2．计算机病毒清除

在检测到计算机病毒后，病毒防治工具一般会在尽量保全被感染程序、文件功能的情况下移除病毒代码或者使其失效，清除方法显然和相关病毒的感染机制紧密相关。对作为独立程序的木马和蠕虫，它们的类型或名称一旦被检测工具确定，清除工具可以直接删除它们，也可以请用户一起参与这类清除。对文件型病毒的删除相对复杂，一般反病毒软件需要掌握感染过程的逆过程，尽量恢复文件的正常状态。对引导型病毒，反病毒工具或人员可以清除存在于主引导记录或者分区引导记录中的病毒代码，恢复引导程序。在很多情况下，系统需要用无毒的杀毒系统重新引导，才能清除病毒程序。在一些难以清除的情况下，反病毒软件可以暂时监管相关的感染程序。

要想有效地对计算机病毒进行查杀，杀毒软件必不可少。目前，市面上流行的杀毒软件非常多，其中用户较多、名气较大的有 McAfee 病毒扫描软件（McAfee VirusScan）、卡巴斯基反病毒软件（Kaspersky Anti-Virus）、赛门铁克反病毒软件（Symantec Antivirus）、金山毒霸、江民杀毒软件、趋势反病毒软件等。

3．计算机病毒预防

计算机病毒的预防通常可以采取技术的手段，也可以部分依靠建立相关的规章制度或者养成良好的计算机操作习惯。这些都有利于切断计算机病毒传播和感染的途径或者破坏它们实施的条件。

预防计算机病毒的技术手段主要分为面向基于单机和面向网络防护的两类。面向单机防护，当前出现了大量的反病毒软件工具，在提供通常查杀病毒功能的同时，它们还提供定时检测、在线检测和监控等功能。例如，在线检测指一旦有文件被打开就实施检测，以阻止可能的传播，在线监控功能一直监视运行程序的行为，及时阻止其破坏系统。另外，这些反病毒软件还提供备份和恢复重要数据、保护重要文件、隔离可疑文件、在线更新病毒代码特征等功能。基于网络的病毒防护方法一般采用网关检测网络流量、邮件等，将防御地点设置在网络上，能够提前发现和排除威胁。

　　一定的管理制度和良好的操作习惯也可以帮助更好地抵御计算机病毒。例如，可以通过制度加强软盘、光盘、**移动硬盘**等介质和网络下载的管理，不允许任意将外来的移动介质和下载的盗版程序带入办公环境，这可以减少病毒的传播机会；另外可以要求用户实施高的系统安全配置，例如，可以通过在微软 Word 中进行设置，禁止宏的执行，也可以在浏览器中设置，禁止下载不可信的 ActiveX 控件。在计算机操作习惯方面，人们应该意识到，不应该打开来路不明的可执行文件和文档，也不要相信可疑的网站；要及时下载系统补丁修补系统漏洞，安装合适的杀毒软件并经常升级病毒库；不要随意查看陌生的邮件，更不要去点击其中的附件、链接等内容；适当加强个人计算机的安全配置，不要为了方便任意降低安全配置的等级。

第5章
当今社会关注的焦点
——网络空间安全

信息网络已突破了地域条件的限制，渗透到政治、经济、军事、文化以及社会生活的各个层面，成为当今人类社会生产力发展和人类文明进步的强大源动力。中国互联网网络信息中心（CNNIC）发布的《第 24 次中国互联网络发展状况统计报告》显示，截至 2009 年 6 月 30 日，我国网民规模已突破 3 亿，依然保持着快速增长的势头，领跑全球互联网。受 3G 业务的影响，使用手机上网的网民也已达到 1.55 亿，占网民的 46%，半年内增长了 32.1%，增速十分迅猛。

然而，网络应用越普及，它遭受攻击的危险性也越大，因而网络安全已经成为当今社会关注的焦点。国际上由于网络攻击而导致的重大灾难、事故和严重损失屡见不鲜：2001 年，"红色代码"蠕虫在互联网上的大规模蔓延给全世界带来的经济损失高达 20 亿美元；而"求职信"和"情书"蠕虫所造成的损失分别为 90 亿美元和 88 亿美元；2009 年 7 月，美国和韩国政府网站同时遭到黑客攻击，致使网站陷入瘫痪状态，造成的损失现在还无法估计。

在国内，网络攻击事件同样频繁出现。2007 年的"熊猫烧香"病毒一夜之间就使上百万台计算机感染并遭到损害。2009 年 5 月，我国部分省份互联网出现严重网络故障，20 余个省份互联网域名解析服务无法正常工作，导致大量网民无法正常访问网站。根据 CNNIC 的统计报告，2009 上半年有 1.95 亿网民上网时遇到过病毒和木马的攻击，1.1 亿网民遇到过账号或密码被盗的问题。网络安全隐患使网民对互联网的信任度下降，仅有 29.2% 的网民认为网上交易是安全的，这进而制约了电子商务、网络支付等交易类应用的发展。

互联网与基础网络和物理世界融合形成了网络空间（Cyberspace），美国于 2003 年就制定了《网络空间保护国家计划》，重视网络空间安全已经成为当今社会的共识。网络空间安全的内容十分丰富，其主要目的是解决在分布式网络环境中对信息载体及其运行提供的安全保护问题以及网络支撑的基础设施的安全保护问题。本章重点介绍网络安全的基本原理、主要技术和应对措施。

5.1　独具匠心的网络安全体系结构

网络体系结构为不同计算机之间的互联、计算机用户之间的互操作提供相应的规范和标准。为了降低设计复杂性、便于维护、提高运行效率，网络设计一般都采用层次结构。

在分层结构中，对等实体表示不同系统内同一层次上的两个实体。通过分层结构，对等实体可以进行虚拟通信；下层向上层通信提供服务；实际通信总在最底层完成。举个简单的例子：一个大型公司有公司经理；经理又雇用了一位高级助理，负责起草公函、与贸易伙伴沟通的事务性工作；由于公务繁忙，高级助理又指派秘书负责具体收发公函。这样，公司形成了一个三层式的结构。如果甲公司经理对乙公司的货物不满意，希望向乙方经理表达退货的意愿，他让自己的高级助理起草公函，助理领会经理的意思后，按照业界的惯例起草了正式公函，把它交给秘书发送出去。乙公司的秘书收到传真后，把有用的公函部分呈交给乙公司的高级助理，高级助理经过分析公函，把有用的部分汇报给经理。这里，甲乙公司可看作是网络节点，而经理、高级助理、秘书是一个个的通信实体。甲公司的经理和乙公司的经理叫做对等实体（同样甲公司的秘书和乙公司的秘书也是对等实体），而网络协议实际上是对等实体之间的通信规则的约定。

目前最具有代表性的网络体系结构是 OSI（Open System Interconnection）参考模型和 TCP/IP 参考模型。OSI 七层模型从下到上依次为物理层：在物理媒介上传输原始的数据比特流；数据链路层：通过一定手段，将有差错的物理链路转化成对网络层来说是没有传输错误的数据链路；网络层：将数据设法从源端经过若干个中间节点传送到目的端，从而向传输层提供端到端的透明数据传送服务；传输层：端到端可靠的数据传输，任何在网络层以下解决不了的问题，在传输层都必须得到解决；会话层：利用传输层提供的无差错的连接具体实施会话，协调、组织、管理通信双方的会话过程；表示层：提供上层用户数据格式的转换；应用层：与用户应用进程的接口。

TCP/IP 参考模型是因特网（互联网）的基础。TCP/IP 参考模型分为四层：应用层、传输层、网络层和网络接口层。图 5.1 显示了两个模型之间的对应关系。

TCP/IP 模型	OSI 模型
应用层	应用层
	表示层
	会话层
传输层	传输层
网络层	网络层
网络接口层	数据链路层
	物理层

图 5.1　TCP/IP 模型和 OSI 模型对应关系

在现实网络世界里，TCP/IP 协议栈获得了更为广泛的应用。下面重点介绍 TCP/IP 安全体系结构。应该说，理想的安全体系结构应该在分层模型的任何一层都能提供安全服务，但是由于要兼顾到网络通信的成本（如对通信双方的认证、信息的加密和解密等需要消耗大量资源），这种想法是不现实的。合理的做法是针对各层完成的任务，制定不同的安全服务目标，为实现这些目标而采用不同的安全机制。

在计算机网络中，主要的安全防护措施被称作安全服务。安全服务主要包括认证服务、访问控制服务、机密性服务、数据完整性服务和非否认服务。

（1）认证服务：当某个实体（如人或事物）声称具有一个特定的身份时，认证服务将提供某种方法来证实这一声明是正确的。口令是提供认证服务的一种常用方法。

（2）访问控制服务：防止对任何资源（如计算资源、通信资源或信息资源）进行未经授权的使用。举例来说，防止非法用户进入系统及合法用户对系统资源的非法使用，这就是访问控制的基本任务。

（3）机密性服务：保护信息不泄露给那些没有权限掌握这一信息的实体。加密是提供机密性服务的一种常用方法。

（4）数据完整性服务：防止数据在存储或传输过程中被非法更改或删除。

（5）非否认服务：防止发送方或接收方事后否认消息的发送或接收。数字签名是提供非否认服务的一种常用方法。

安全机制是实现安全服务的具体方法。主要的安全机制包括：加密机制、数字签名机制、访问控制机制、数据完整性机制、通信业务填充机制等。系统通常是将这些主要的安全机制组合起来使用，具体实例可以参见 5.2 节。

下面具体介绍 TCP/IP 安全体系结构。

（1）网络接口层安全：只有在各个节点间安装了专门的通信设施，才能进行这一层的安全保护，它提供点到点的安全性，主要提供机密性服务。

（2）网络层安全：为网络层环境提供可互操作的、高效的、基于密码技术的安全性。网络层安全是整个 TCP/IP 安全的基础，也是互联网安全的核心。IPSec 是实现网络层安全最常用的技术。IPSec 协议的具体内容将在 5.2 节详细介绍。

（3）传输层安全：为传输层环境提供可靠的数据流服务，主要通过 TLS/SSL 协议来实现。具体内容将在 5.3 节详细介绍。

（4）应用层安全：为不同的应用环境提供具体的安全保护。如 S-HTTP 是 Web 上使用的超文本传输协议（HTTP）的安全增强版本；S/MIME 可以为电子邮件传输提供安全服务。

5.2 前途无量的 IPSec 协议

IPSec 协议是由互联网工程任务组（IETF）设计的确保网络层通信安全的机制。IPSec 协议不是一个单独的协议，而是一组协议。互联网网络层 IP 协议在当初设计时并没有过多地考虑安全问题，而只是为了能够使网络方便地进行互联互通，因此 IP 协议从本质上就是不安全的。举个简单的例子，攻击者可以在通信线路上截获 IP 数据包，修改数据内容并重新计算校验和，而数据包的接收方只是通过校验和来检查数据是否被篡改，因此接收方不可能察觉出攻击者的行为。我们通过 IPSec 协议就可以避免上述攻击。IPSec 协议能够在网络层提供认证、访问控制、机密性、完整性等安全服务，所有使用 IP 协议进行数据传输的应用系统无需做任何修改，都可以使用 IPSec。IPSec 协议簇主要包括 AH 协议、ESP 协议，以及用于建立会话密钥（通信双方进行安全通信时使用的密钥）的 IKE 协议。

5.2.1 AH 协议

AH 协议为 IP 报文提供数据完整性保护和身份认证，但不提供数据机密性服务。首先介绍 AH 协议的处理过程。AH 的处理分为两部分：对发送的数据包进行添加 AH 头的输出处理；对收到的含有 AH 头的数据包进行还原处理。

1）输出处理

对发送的数据包，首先查询安全策略数据库 SPD，以判断为这样的数据包提供的安全服务有哪些；然后查看是否与接收方已经建立了安全关联 SA（通信双方已经协商出使用的密码算法、密钥以及相应的安全参数），如果没有，可以通过 IKE 协议动态建立安全关联 SA；填充 AH 头的各个字段，如图 5.2 所示，"验证数据"字段置为 0；对验证范围包含的数据通过完整性校验 MAC 算法计算出校验值放入

"验证数据"字段；至此，AH 协议处理完毕。

下一头部	载荷长度	保留
安全参数索引（SPI）		
序列号		
验证数据（变长）		

图 5.2　AH 头格式

2）输入处理

如果接收的数据包在收到前，被分成了几段，就首先要对这些分段进行重新组合；然后根据数据包头信息，查找相应的安全关联 SA，如果没有找到，则丢弃数据包；找到安全关联后，进行序列号的检查，防止该数据包是已经收到过的数据包；然后通过完整性校验 MAC 算法计算出校验值与接收的数据包中的"验证数据"字段进行比较，如果一致，验证通过，剥离出 TCP 数据包传给数据传输层进行处理。

AH 的头格式如图 5.2 所示，其中：

- 下一个头部（8bit）：标志 AH 头后载荷（协议类型），如 TCP 协议或 UDP 协议。

- 载荷长度（8bit）：整个 AH 头的长度减 2，长度以 32bit 为单位。

- 保留（16bit）：保留字段，未使用时必须设为 0。

- 安全参数索引（SPI）（32bit）：该字段与源/目的 IP 地址可以唯一确定一个安全关联 SA。

- 序列号（32bit）：是一个单调递增的计数器，用于抵抗重放攻击。

- 验证数据：可变长部分，完整性校验 MAC 算法计算出的校验值。

　　下面介绍 AH 协议验证数据的范围，以及 AH 头在数据报文中的位置。AH 有两种模式：传输模式和隧道模式。在传输模式中，AH 头插入到 IP 头部之后，传输层协议（如 TCP、UDP）之前。AH 验证的范围是整个 IP 包（可变字段除外），包括 IP 包头部，因此源 IP 地址、目的 IP 地址是不能被攻击者修改的，否则通过 AH 头的"验证数据"部分就可以被检测出来。AH 的传输模式如图 5.3 所示。在隧道模式中，AH 头插入到原始 IP 头部之前，然后在 AH 头之前再增加一个新的 IP 头部。AH 验证的范围也是整个 IP 包。AH 的隧道模式如图 5.4 所示。

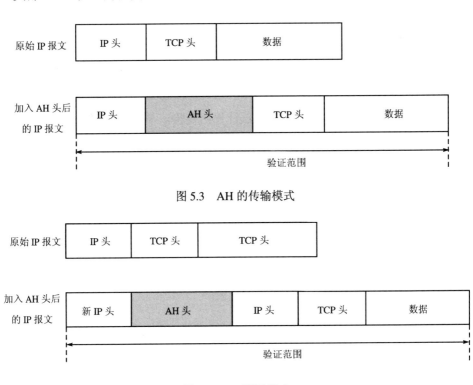

图 5.3　AH 的传输模式

图 5.4　AH 隧道模式

5.2.2　ESP 协议

　　ESP 协议不但能为 IP 报文提供数据完整性保护和身份认证，而且能够提供数据机密性服务。ESP 协议提供数据完整性保护和身份认证的方法与 AH 协议是一样的,都是通过完整性校验 MAC 算法来实现。然而,与 AH 协议相比,ESP 验证的数据范围要小一些。ESP 协议提供数据机密性服务是通过加密算法来实现的。

ESP 协议的输出、输入处理过程与 AH 协议是类似的。不同之处是输出处理时,先对数据包的相应部分进行加密处理,然后连同密文一起进行完整性检验处理,产生验证数据;输入处理时,先对验证数据进行验证,然后对密文解密,恢复出原始数据。ESP 头格式如图 5.5 所示。在传输模式和隧道模式下,ESP 加密范围和验证范围如图 5.6 和图 5.7 所示。

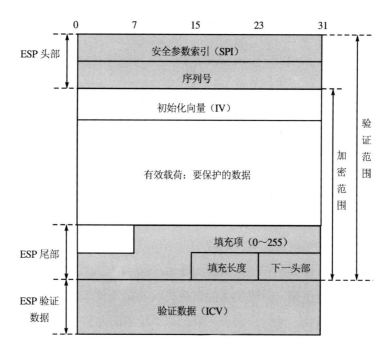

图 5.5 ESPS 头格式

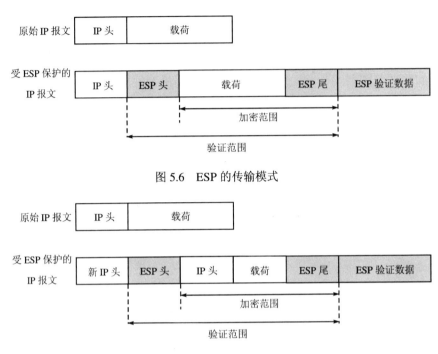

图 5.6　ESP 的传输模式

图 5.7　ESP 的隧道模式

▲ 5.2.3　IKE 协议

IKE 协议通过密钥交换过程为 IPSec 通信双方提供加密算法和完整性校验算法使用的对称密钥，实际上 IKE 交换的最终结果是建立通信双方的安全关联 SA。

IKE 定义了两个阶段。在第一阶段中，通信双方协商如何保护以后的通信，双方建立一个通过身份鉴别和安全保护的通道。然后，使用第一阶段协商的密钥，双方之间可以建立多个第二阶段使用的安全关联 SA。为什么要使用两阶段的协商呢？对于简单情形来说，两阶段协商无疑带来了更多的通信开销，但是第一阶段的消息交换非常有必要而且开销较大，第一阶段的开销可以分摊到多个第二阶段中，而且，两阶段分开，带来了管理上的便利。第一阶段密钥协商的基础是

Diffie-Hellman 密钥交换协议（参见 2.2 节），第二阶段是在第一阶段协商出的密钥的加密保护下进行密钥交换的。

 ## 5.3　千锤百炼的 SSL/TLS 协议

SSL 是 Netscape 公司设计的主要用于 Web 的安全传输协议。SSL 协议为客户和服务器之间的数据传送提供了安全可靠的保证。为了防止客户-服务器应用中的消息窃听、消息篡改以及消息伪造等攻击，SSL 协议提供了认证服务、完整性服务和机密性服务。SSL 协议工作在传输层 TCP 之上，应用层之下，因此独立于应用层协议。目前，几乎所有操作平台上的 Web 浏览器（IE、Netscape）以及流行的 Web 服务器都支持 SSL 协议。使用该协议便宜且开发成本小。当 SSL 取得大规模成功后，互联网工程任务组（IETF）将 SSL 协议进行了标准化，并称其为 TLS 协议。

 ### 5.3.1　SSL 体系结构

SSL 协议的目标就是在通信双方之间利用加密的 SSL 信道建立安全的连接。它不是一个单独的协议，而是两层协议，如图 5.8 所示。

SSL 握手协议	SSL 密文更改协议	SSL 告警协议	HTTP 协议
SSL 记录协议			
TCP			
IP			

图 5.8　SSL 协议栈

SSL 记录协议为各种高层协议提供基本的安全服务，包括数据加密、保证数据完整性等。SSL 握手协议允许服务器和客户端相互认证，在传输数据前协商密码算法和密钥。SSL 密文更改协议是 SSL 协议栈中最简单的一个协议，只包含由单个字节组成的一条消息，告知记录层是否按照指定的方式对数据进行加密处理（在握手协议执行期间，告知记录协议对数据不进行加密处理；一旦握手协议成功，告知记录层对上层数据进行加密处理）。SSL 告警协议主要是用于传递与 SSL 相关的告警信息，包括警告、严重和重大三类不同级别的告警信息。记录协议和握手协议是 SSL 协议栈中两个主要的协议。下面我们详细介绍。

▲ 5.3.2　SSL 记录协议

SSL 记录协议为 SSL 连接提供两种服务：机密性服务和数据完整性服务。图 5.9 描述了 SSL 记录协议的操作步骤：将上层数据分段处理，每段长 2^{14} 字节或者更小；然后可选地进行数据压缩处理；应用完整性校验算法对压缩数据计算 MAC 值；对压缩数据以及 MAC 值进行加密处理；最后加入 SSL 记录头。SSL 记录头的格式如图 5.10 所示。

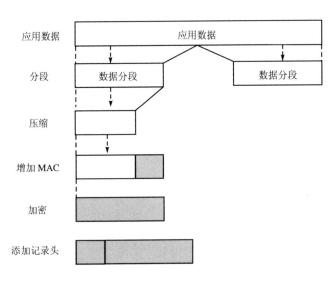

图 5.9　SSL 记录协议

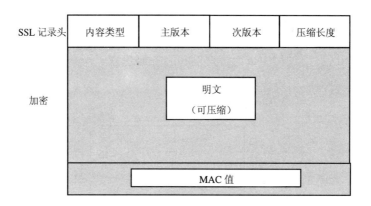

图 5.10　SSL 记录格式

◢ 5.3.3　SSL 握手协议

SSL 握手协议支持服务器和客户端的相互认证，双方协商加密算法、MAC 算法以及相应的密钥。握手协议包括四个阶段，如图 5.11 所示。

第一阶段（发起阶段）：客户端和服务器各自发送 client-hello 消息，协商下列参数，协议版本、会话 ID、使用的密码算法、压缩方法。

第二阶段（服务器认证和密钥交换）：服务器发送自己的公钥证书，同时发送密钥交换过程中服务器提供的数据，并对这些数据进行数字签名。服务器也向客户端请求公钥证书。

第三阶段（客户端认证和密钥交换）：客户端发送自己的公钥证书和用于密钥交换的数据，同时发送一个 certificate-verify 消息，这个消息是对所有握手信息产生的 MAC 值（用协商密钥计算的 MAC 值）做的签名，用于向服务器证实客户端已经计算出正确的协商密钥。

第四阶段（结束阶段）：客户端发送一个 change_cipher_spec 消息，更改密文更改协议的值，使得记录协议可以用协商后的密钥对数据进行加密或 MAC 处理。最后客户端发送 finished 消息，用于检验密钥交换和认证过程是否成功。同样，服务器端也进行上述操作。

　　至此，SSL 握手过程完成，客户端和服务器建立了一个安全的连接，他们之间可以安全地交换应用层数据。

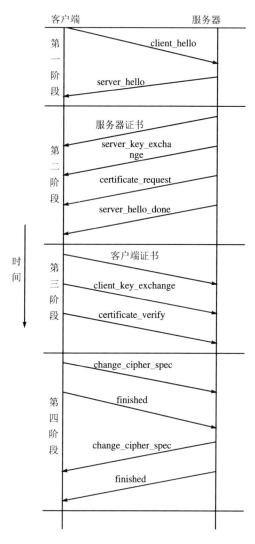

图 5.11　SSL 握手过程

5.4　老生常谈的网络边界防护与防火墙技术

把不同安全级别的网络相连接，就产生了网络边界。防止来自网络外界的入侵就要在网络边界上建立可靠的安全防御措施。防火墙技术是保护网络边界的最成熟、最早产品化的技术措施。防火墙是借鉴了古代真正用于防火的防火墙的喻义，它指的是隔离在本地网络与外界网络之间执行访问控制策略的一道防御系统，包括硬件和软件，目的是保护网络不被他人侵扰。防火墙被称为"网络安全的第一道闸门"，其重要性是显而易见的。防火墙实际上是一种隔离控制技术，它要求所有进出网络的数据流都应该通过防火墙。防火墙按照事先制订的配置和规则，监测并过滤这些信息，只允许符合规则的数据通过。防火墙本身必须具有比较高的抗攻击性，如图 5.12 所示。

图 5.12　防火墙

5.4.1　防火墙的技术原理

下面介绍两种典型的防火墙技术：包过滤防火墙和应用级网关防火墙。

包过滤防火墙是最简单的一种防火墙。包过滤防火墙可分为静态包过滤和动态包过滤。静态包过滤防火墙能够基于配置规则决定是否允许数据流通过。例如，在防火墙的配置中，可以在网络通信的每个方向上定义一个合法的源 IP 地址和目标 IP 地址的集合，防火墙会丢弃掉不符合这个配置的数据流。这种配置称为 IP 地址过滤。除此之外，静态包过滤防火墙还能够针对特定类型的数据包配置相应的安全策略。例如，在具体应用环境中，防火墙可以配置成允许 E-mail 的数据流通过，特定网站的 Web 浏览数据流就被禁止通过。也就是说，这种配置的防火墙允许用户收发邮件，但禁止用户访问一些敏感网站。动态包过滤防火墙能够根据记录的系统状态，动态生成或修改配置规则。显然，与静态包过滤技术相比，动态包过滤防火墙更灵活、更智能一些。

与包过滤防火墙不同，应用级网关防火墙的特点是完全"阻隔"了网络通信流，通过对每种应用服务编制专门的代理程序，实现监视和控制应用层通信流的作用。这种技术的主要优势是可以实施更细致的访问控制，功能更强大，安全性更高。这种技术的缺点是处理速度下降；需要针对每个具体协议设置不同的应用级网关；对用户来说是不透明的，给用户使用带来不便。

◤ 5.4.2 防火墙的体系结构

防火墙是由多个设备组成的安全防护系统，其体系结构多种多样。本小节我们介绍几种常见的防火墙体系结构。首先我们明确堡垒主机的概念。堡垒主机是一种配置了安全防范措施的网络上的计算机，堡垒主机为网络之间的通信提供了一个阻塞点，也就是说如果没有堡垒主机，网络之间将不能相互访问。堡垒主机是网络中最容易受到侵害的主机，所以堡垒主机也必须是自身保护最完善的主机。

1）双宿主机结构

这是最基本的防火墙体系结构，如图 5.13 所示。该结构用一台装有两块或多块网卡的堡垒主机做防火墙，将其连接在受保护网络和外部网络之间。从一块网卡上传来的 IP 包，经过防火墙安全模块的检查后，转发到另一块网卡上，以实现网络的正常通信。这种结构的一个致命弱点是：一旦入侵者侵入堡垒主机并使其只具有路由功能，则任何网上用户均可以随便访问内网。

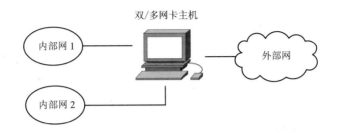

图 5.13　双宿主机结构

2）屏蔽主机结构

屏蔽主机防火墙由包过滤路由器和堡垒主机组成，结构如图 5.14 所示。在这种方式的防火墙中，堡垒主机安装在内部网络上，通常在路由器上设立过滤规则，并使这个堡垒主机成为从外部网络唯一可直接到达的主机，这确保了内部网络不受未被授权的外部用户的攻击。这种防火墙安全与否的关键是过滤路由器的配置是否正确，如果路由表遭到破坏，堡垒主机就可能被越过，使内部网完全暴露。

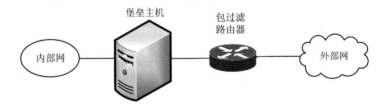

图 5.14　屏蔽主机结构

3）屏蔽子网结构

屏蔽子网防火墙采用了两个包过滤路由器和一个堡垒主机，在内外网络之间建立了一个被隔离的子网，定义为"非军事区"网络，也称为周边网，如图 5.15 所示。网络管理员把堡垒主机，Web 服务器、Mail 服务器等公用服务器放在"非军事区"网络中。在这种结构中，即使堡垒主机被入侵者控制，内部网仍受到内部包过滤路由器的保护。

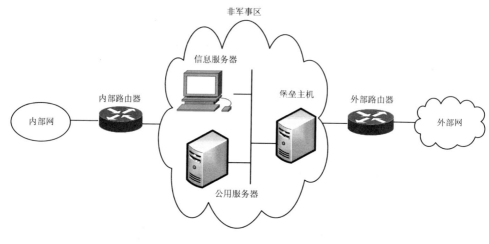

图 5.15　屏蔽子网结构

5.4.3　防火墙的局限性

　　虽然防火墙能够在网络边界上进行极好的防范，但是，针对某些攻击，防火墙却是无能为力的。例如，针对内部攻击者的攻击、附在电子邮件上的病毒、使用拨号上网绕过防火墙等。同时，由于防火墙的配置规则是在已知攻击模式下制订的，它不能防范一些新型的攻击方式。因此，以为安装了防火墙就可以高枕无忧的思想是很危险的。

5.5　入木三分的入侵检测技术

　　传统的网络安全技术采用严格的访问控制和数据加密策略实现，是以预防、防护为主。但在复杂系统中，这些策略是不充分的，它们虽然是网络安全不可缺少的部分，但不能完全保证网络系统的安全。入侵检测（Intrusion Detection）是对入侵行为的发觉。它通过从计算机网络或计算机系统的关键点收集信息并进行分析，从中发现网络或系统中是否有违反安全策略的行为和被攻击的迹象，是以检测、处理为主。从本质上说，入侵检测系统是一个"窥探设备"，它对系统的运行状态进行监视，发现各种攻击企图、攻击行为或者攻击结果，从而保证系统资源的机密性、完整性和可用性。

5.5.1　入侵检测系统的基本结构

入侵检测系统主要包括三个基本模块：数据采集与预处理、数据分析检测和事件响应。系统体系结构如图 5.16 所示。

1）数据采集与预处理

数据采集与预处理模块主要负责从网络或系统环境中采集数据，并做简单的预处理，使其便于检测模块分析，然后直接传送给检测模块。入侵检测系统的好坏很大程度上依赖于收集信息的可靠性和正确性。那么，如何才能收集到最佳的数据源呢？数据源的选择取决于所要检测的内容。举例来说，攻击者常在系统日志文件中留下他们的踪迹，因此，充分利用系统和网络日志文件信息是检测入侵的必要条件，这是获取基于主机的数据源；如果检测目标是针对拒绝服务攻击，这种攻击行为一般是通过向目标主机发送大量的网络数据包来完成的，目标系统无法处理这些数据包从而导致系统崩溃，因此检测这种攻击需要在各个网段设置监控器，收集发送到目标主机的数据，然后综合起来进行判断，这是获取基于网络的数据源。同时，入侵检测系统软件本身应具有相当强的坚固性，防止被篡改而收集到错误的信息，导致检测失败。

2）数据分析检测

数据分析检测模块主要负责对采集的数据进行数据分析，确定是否有入侵行为发生。主要有误用检测和异常检测两种方法。具体的检测方法参见本节后面介绍。

3）事件响应

事件响应模块主要负责针对分析结果实施响应操作。响应可分为被动响应和主动响应。被动响应就是系统仅仅简单地记录和报告所检测出的问题；主动响应则是为阻断系统攻击行为而主动采取措施。主动响应已经成为发展的主要方向。举例来说，一种直接的响应方式是追踪入侵者实施攻击的发起地，并采取措施禁止入侵者的网络连接。然而，在现实的攻击中，黑客一般是先攻破一个系统，利用跳转的办法来攻击另一个系统，因此这种响应方式使用不当的话，实际上阻断的是与受害主机的连接，从而使受害主机遭受新的损害。另外一种主动响应方式是与防火墙等其他安全设备联动。当入侵检测系统发现入侵时，利用防火墙的访问控制手段，使入侵者不再有机会接触攻击目标，但是这种方法无法防止入侵者改变地址后再次入侵。

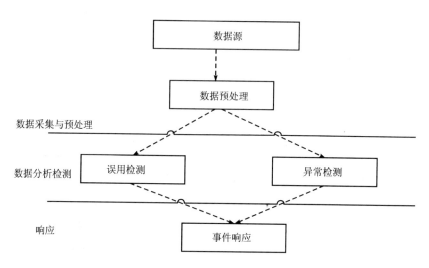

图 5.16　入侵检测系统体系结构

5.5.2　入侵检测方法

入侵检测的主要方法有异常检测和误用检测。下面我们分别进行介绍。

异常检测方法的前提假设是入侵攻击行为与正常合法的活动有很大的差异。

其工作原理是首先收集一段时间内的主机、用户行为的历史数据，通过这些数据建立主机、用户的正常行为模式；然后对数据源采集的数据使用不同的方法判定所检测的活动是否偏离了正常行为模式，从而判定是否有入侵行为发生。举个简单的例子，如果用户通常是在上午九点至下午五点之间在办公室登录公司服务器，则用户在晚上的登录就是异常的，有可能是入侵行为。异常入侵检测模型如图 5.17 所示。

　　判定入侵检测系统检测能力的关键参数是误报率和漏报率。误报是指错误地将正常行为检测为入侵行为；漏报是指系统没有检测出真正的入侵行为。由于与正常行为偏离的异常行为并不一定都是入侵行为，所以异常检测方法误报率很高；但是异常检测方法不需要对每种入侵行为进行定义，因此能有效检测未知的入侵，漏报率很低。

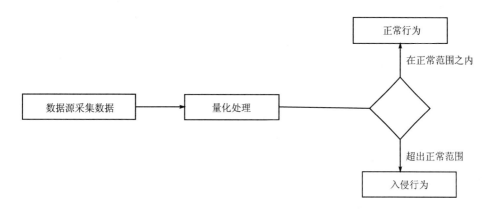

图 5.17　异常入侵检测模型

　　误用入侵检测方法的前提假设是所有的入侵行为都有可被检测到的特征。其工作原理是首先对已知的入侵行为进行分析，提取检测特征，构建攻击特征库；当检测的用户或系统行为与库中的记录相匹配时，攻击行为立即被检测到。常用的网络入侵检测分析工具 Snort 采用的就是误用入侵检测方法。误用检测模型如图 5.18 所示。

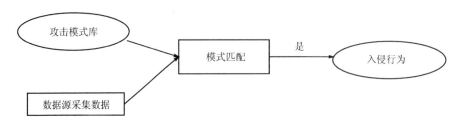

图 5.18　误用入侵检测模型

误用入侵检测方法的优点是可以准确地检测已知的入侵行为，误报率很低；但是漏报率随之增加，攻击特征的细微变化，会使得误用检测无能为力。

5.5.3　入侵检测技术面临的挑战

虽然入侵检测技术的发展十分迅速，但该领域从理论研究到实际应用还存在很多的难题有待研究和探索。主要表现有以下几方面。

（1）高速网络对入侵检测的实时性和数据处理能力提出了挑战。入侵检测系统要想实时地得到报警消息，必须实时收集数据并进行分析。入侵检测技术发展的速度已经远远落后于网络速度的发展。

（2）现有的入侵检测系统并不具备检测新攻击类型的能力。误用入侵检测方法的本质决定了它检测不到"未见过"的攻击类型，即那些不曾包含在攻击特征库中的预定义模式；异常检测方法虽然从原理上具备了检测新类型攻击的能力，但实际情况是误报率很高。

（3）入侵检测系统的可扩展性问题。一个复杂网络可能使用了多种入侵检测系统，甚至还有防火墙、漏洞扫描等其他安全设备，这些入侵检测系统之间以及和其他安全组件之间如何交换信息，共同协作来发现攻击、作出响应并阻止攻击是关系整个系统安全的重要因素。

5.6　居心叵测的网络攻击技术

兵家有言：知己知彼，百战不殆。对网络攻击行为和网络攻击技术进行充分的了解和透彻的研究是确保网络安全的关键。十几年前，网络攻击技术还仅限于口令破解和利用操作系统已知漏洞等几种基本方法，然而网络攻击技术的发展十分迅速，目前的网络攻击方法已经多种多样。本节我们介绍几种常见的网络攻击方法以及相应的防范措施。

5.6.1　口令破解

用户登录系统的常用方法是提供账号和口令进行合法身份的认证。用户的账号是容易获取的，而口令是保密的。因此，黑客攻击目标时也常常把破译普通用户的口令作为攻击的开始。口令破解成功后，黑客就可以伪装成合法用户登录系统，从而获取系统相应的服务。口令相当于获取信息和服务的一把钥匙。口令破解的方式主要有以下几种。

1）窃听攻击

如果在不安全的公开通信环境中明文传送口令进行身份认证，攻击者就可以在中间信道上窃听到口令。因此，口令应该经过一些变换后传递，而不能以明文方式传递。

2）社交工程

攻击者对拟攻击用户展开社交活动，达到获取口令的目的。比如说，攻击者假冒员工领导或系统管理员通过电话询问用户口令，很多员工都会诚实地告知自己的口令。由于社交工程采取的不是技术手段，因此没有好的技术防范措施，只有通过加强员工的安全意识来进行防范。

3）字典攻击

攻击者使用攻击软件，对各个可能的口令进行测试。具体步骤如下：首先根据用户的使用特点，建立所有可能口令的表，称为口令字典；然后针对字典中的候选口令，逐个地进行尝试，直到找到真正的口令为止，这个过程是由程序自动完成。互联网上有大量的免费攻击工具和代码可以下载，例如 letmein（let me in——让我进去）、黑雨、wwwhack 等，其原理都大同小异，区别主要在于破解口令的速度。为了防范字典攻击，选择口令时应注意足够的口令长度，数字、字母、符号都要有，口令中不要使用常用单词以及个人信息。

4）其他方式

除了字典攻击之外，还存在其他办法可以实现口令破解。例如攻击者伪造银行网站获取用户口令。当用户登录到伪造网站进行查询时，需要用户输入账号和口令，一旦输入这些信息，攻击者就可以马上获取。另外一个方法是键盘记录。攻击者可以通过植入木马的方式在受害者主机上安装击键记录软件，当用户输入口令时，其输入也被击键记录器记录下来，攻击者只需在击键记录中搜索那些好像口令的字符串即可获得用户的口令。

5.6.2 拒绝服务攻击

拒绝服务攻击是指通过某些手段使得目标系统或者网络不能提供正常的服务。拒绝服务攻击大致可以分为以下三类。

1）利用协议本身或软件实现中的漏洞实现拒绝服务攻击

攻击者发送一些非正常的（畸形的）数据包使得目标系统在处理时出现异常，导致系统崩溃。这类攻击的特点是对攻击者没有运算能力和带宽的要求，一个小PC 就可能造成一个大型系统的瘫痪。例如碎片攻击（teardrop）就是利用了

Windows 95/NT 处理 IP 分片的漏洞。攻击者向目标机器发送偏移位置重叠的分片的 UDP 数据包，使得目标机器在将分片重组时出现异常错误，从而导致目标系统崩溃或重启。

2）发送大量无用的数据包实现拒绝服务攻击，又称为风暴型攻击

这些数据包从单个来看是无害的，但当达到一定数量后就会造成目标服务器无法正常工作。例如我们通常所说的邮件炸弹就是属于这类攻击。攻击者向一个邮件地址或邮件服务器发送大量的邮件，使得该地址或服务器的存储空间塞满，从而不能提供正常的邮件服务。

3）通过破坏物理设备实现拒绝服务攻击

这类攻击的目标包括计算机、路由器、网络主干段、电源、冷却设备等。

第 2）种攻击方法往往需要相当大的带宽，但是只有大公司和国家科研机关才拥有高带宽，黑客不具备这种条件。为了克服这种限制，分布式拒绝服务攻击就应运而生了。分布式拒绝服务攻击是 2000 年以来最流行的攻击方法之一。它的思想很简单，如果用一台攻击机来攻击不起作用的话，攻击者使用 10 台攻击机同时攻击呢？用 100 台呢？分布式拒绝服务攻击就是攻击者利用更多的傀儡机同时向目标主机发起进攻。高速广泛连接的网络给大家带来了方便，也为分布式拒绝服务攻击创造了极为有利的条件。2000 年 2 月发生的 Yahoo、Amazon、eBay 等大型网站被黑客轰炸事件就是由分布式拒绝服务攻击造成的。下面我们举个例子看看黑客是如何发起一次分布式拒绝服务攻击的。

首先，黑客收集了解目标主机的情况，包括被攻击目标主机的数目、地址情况，被攻击目标主机的配置、性能，以及网络的带宽情况等。然后黑客挑选有漏洞的机器入侵，使其成为傀儡机，黑客就是利用傀儡机来向受害目标发送恶意攻击包的。最后阶段就是发起实质性攻击。黑客登录到作为控制台的傀儡机，向所

有的傀儡机发出命令。这时候埋伏在傀儡机中的攻击程序就会响应控制台的命令，一起向目标主机以高速度发送大量的数据包，导致目标主机死机或无法响应正常的请求。

从上述例子可以看出，由于实质性攻击使用的是傀儡机的 IP 地址，检测分布式拒绝服务攻击是非常困难的。即使检测到了，也很难进行防范。

5.6.3 缓冲区溢出攻击

缓冲区溢出是攻击技术中最重要、最深奥的一环，这种攻击可以使得一个匿名的互联网用户有机会获得一台主机的部分甚至全部的控制权。举个形象的例子来说明缓冲区溢出攻击的原理。假如你往一个容量为 1 升的容器中倒入 2 升的水，这时候水就会溢出，流到你的桌子上，流到你的地毯上。同样，当一个程序在接收数据时，如果输入数据超过了程序中预定的缓冲区长度，而且程序在处理数据的过程中没有对数据的边界进行检查，就会导致缓冲区溢出，使得程序执行攻击者所指定的操作，如执行攻击代码、获取访问权限等。

缓冲区溢出攻击的目的是改变程序的执行流程，使之跳转到攻击代码。为了达到目的，攻击者要解决两个问题：一是在缓冲区溢出程序的地址空间里安排适当的攻击代码。例如类似"exec（sh）"的执行代码，会产生一个 root 的 shell，给攻击者以超级用户权限。二是通过适当的初始化寄存器和内存，让程序跳转到入侵者安排的地址空间执行，这样正好执行攻击代码。

缓冲区溢出漏洞非常常见。由于 C 语言本身缺乏边界检查，同时很多编程人员更注重程序运行时的性能（边界检查会降低性能），因此利用 C 语言等开发工具开发的软件系统普遍存在着缓冲区溢出漏洞。最早的缓冲区溢出攻击是著名的 Robert Morris 的因特网蠕虫。1988 年，Morris 利用 fingered 程序不限制长度的漏洞使缓冲区溢出，成功地获得了一个脆弱系统的存取权限，获得权限后 Morris 的程序会在机器上自动安装，并且千方百计去感染其他机器。结果造成互联网上6000 余台服务器瘫痪，占当时联网总数的 10%。虽然人们认识到了缓冲区溢出的严重危害，但由于一些不好的编程习惯，新的缓冲区溢出漏洞仍然层出不穷。

 ### 5.6.4　特洛伊木马

特洛伊木马简称木马，已在 4.5.2 节做了介绍。我们知道木马一旦植入到被攻击主机后，它一般会通过一定的方式把相应信息，如主机的 IP 地址、打开的端口号（即后门）等发送给攻击者，这样，攻击者可以通过后门控制该系统。攻击者也可以进行口令窃取、把受害主机当作拒绝服务攻击的傀儡机等。

木马的植入一般是在用户不知情的情况下完成的。例如，把带有木马的电子邮件以附件形式发送出去，收信人只要打开附件，木马就被植入到机器中；一些非正规的网站以提供软件下载为名义，将木马捆绑在软件安装程序上，用户下载后只要运行这些程序，木马就会自动安装。

我们可以看出，只要不执行装有木马的程序，木马攻击不会成功。因此防范木马应该注意以下问题：不要下载、接收、执行任何来历不明的软件或文件；不要随意打开邮件的附件，也不要点击邮件中的可疑图片；运行反木马实时监控程序；经常升级系统。

 ## 5.7　形形色色的内容安全技术

互联网在带来发布、传递和获取信息自由便利的同时，各种虚假信息、垃圾邮件、个人隐私、危及社会稳定、涉及国家重大利益等内容的信息所引发的问题日益突显，让我们深受内容安全问题的影响。例如，垃圾邮件像瘟疫一样蔓延、污染网络环境，影响网络的正常通信；恶意信息利用互联网所提供的自由流动的环境肆意扩散传播，成为社会不稳定因素。我国一项互联网用户调查表明，绝大部分被调查用户会不同程度受到如色情、垃圾邮件、虚假信息以及不法言论等各种不良内容的困扰，超过60%的人要求政府加强内容安全方面的监管。

网络内容安全的主要目的就是建立高效、绿色、安全的互联网世界。高效是指网络使用效率高，促进人们提高工作效率，进而提高企业效益。绿色是指网络应该充满健康的内容，让恶意信息、虚假信息无处藏身。安全是指国家、企业的机密，个人的隐私等信息能得到可靠的保护。

网络内容安全的标准可以从四个方面定义，即内容的真实性、可用性、道德性以及内容是否合法。从信息的真实性角度，网络内容可以分为真实信息与虚假信息，虚假信息如虚假广告、虚假新闻等；从可用性角度可以分为可用信息与垃圾信息，垃圾信息如垃圾邮件等；从道德性角度，可以分为道德信息与不道德的信息，后者包括如网络谩骂、黄色信息、侵犯他人隐私及其他相关权利的信息、煽动种族仇恨信息；从内容是否合法角度，网络信息可以分为合法信息与非法信息，非法信息包括违反宪法的信息、危害国家统一、主权与领土完整的信息以及泄露国家秘密，危害国家安全或者损害国家荣誉和利益的信息等。

▲ 5.7.1 网络内容安全的核心技术

当前，网络内容安全的核心技术主要包括以下几个方面。

1）信息获取技术

分为主动获取技术和被动获取技术。主动获取技术通过向网络主动发送数据包后获取反馈信息。被动获取技术则在网络出入口上通过侦听方式获取网络信息，目前大多数入侵检测系统、网关型安全产品都采用被动方式获取网络信息。

2）信息内容识别技术

对获取的网络信息内容进行识别、判断、分类，确定其是否为所需要的目标内容。主要分为文字、音频、图像、图形识别。目前的入侵检测产品、防病毒产品、反垃圾邮件产品、员工上网过滤产品等基本上都采用基于文字的识别方法。

3）阻断技术

对于识别出的非法信息内容，及时地阻止或中断用户对其访问。该技术应用在垃圾邮件剔除、涉密内容过滤、著作权盗用的取证、有害及色情内容的阻断和警告等方面。

5.7.2　网络内容安全产品

网络内容安全产品主要分为防病毒产品、反垃圾邮件产品和网页过滤产品三类。防病毒产品的相关介绍可参见 4.5 节，我们这里重点介绍后两种产品。

垃圾邮件是仅次于病毒的互联网公害，但由于无法可依，再加上其本身的复杂性，成为全球用户极为头疼的事情。据不完全统计，垃圾邮件已经占到电子邮件总量的大约 50%。垃圾邮件的过滤技术是普通用户以及公司比较关心的内容安全技术。反垃圾邮件技术就是将垃圾邮件从系统中分离出来并且过滤掉。但是，如何判定一封邮件是垃圾邮件是颇有难度的技术问题，它所使用的主要核心技术包括以下几种。

1）IP 黑/白名单

将经常发垃圾邮件的 IP 地址添加到 IP 黑名单中，以后再从同样的 IP 地址发来的信件都被判定为垃圾邮件。如果 IP 地址被加入到白名单中，则认为从那里来的任何邮件都不是垃圾邮件。这种技术的优点是容易实现，缺点是容易把正常邮件当成垃圾邮件过滤掉。

2）统计分析技术

分析大量的已正确识别的垃圾和非垃圾邮件，然后产生一个概率数据库，它包括所有的单词以及每个单词出现在垃圾邮件中的概率值。例如，单词"优惠"有99%的可能出现在垃圾邮件中。用概率数据库，一个邮件的概率很容易被计算出，从而能识别出邮件的合法性。

3）反向查询技术

垃圾邮件一般都是使用的伪造的发送者地址，极少数的垃圾邮件才会用真实地址。为了限制伪造发送者地址，一些系统要求验证发送者邮件地址。

4）密码技术

采用密码技术来验证邮件发送者的合法性，它通过证书方式来提供证明。没有适当的证书，伪造的邮件就很容易被识别出来。

网页过滤系统通过对网络信息流中信息内容进行过滤和分析，实现对网络用户浏览或传送非法、黄色、反动等敏感信息进行监控和封杀。同时通过强大的用户管理功能，实现对用户的分组管理、分时管理和分内容管理。企业网用户，只要是在物理网络内的用户，网页内容过滤技术都可以对其上网情况和内容进行监控，并可根据不同级别的用户制定不同的访问规则，可具体到某个人在某个时间段访问某一种内容的网站。

为了适应网络应用深化带来的挑战，网络内容安全技术正在从文本信息内容识别向多媒体信息内容识别发展，从百兆流量检测向千兆流量检测发展，从统计分析向智能分析发展，从单一功能产品向层级式的整体解决方案发展。

5.8 火眼金睛的网络监控技术

现有网络安全体系主要包括防火墙、病毒防护系统、数据加密等技术，这些技术和系统都是用于防范外部入侵的。统计表明，80%的网络安全事件都是由网络内部引起的，缺乏内部网络监控的企业网络安全体系是不完整的。网络监控系统是网络安全系统的一个重要的组成部分，它是对其他网络安全技术的重要补充。

网络监控系统具有如下功能：它可以根据一定的规则对于网络上的通信信息进行有选择的选取，再进行协议分析和恢复，以缩小处理数据的范围；它可以从防火墙或入侵检测系统那里获取可疑的计算机的信息（一般为 IP 地址或是 MAC 地址），有针对性地对这样的可疑计算机进行监视和记录；它可以将监控系统记录下来的信息作为司法调查的证据。

那么我们会有一个疑问：网络监控系统与入侵检测系统有什么区别呢？举个简单例子，当一个非法用户运用一个合法用户的账号进行该账号所允许的"合法"操作的时候，入侵检测系统就无法检测出攻击，在这种时候基于内容的网络监控系统将发挥它的作用，记录下这一过程。因此，网络监控技术与其他计算机入侵侦测手段融合在一起，一套良好的、完整的安全防御体系便可迅速建立起来。

网络监控系统采用的核心技术是数据捕获技术和网络数据的协议分析技术。网络监控的基础是数据捕获，网络监控系统是并接在网络中实现对数据的捕获的，这种方式和入侵检测系统相同，我们称这种数据捕获方式为网络嗅探（Sniffer）。实际上，嗅探技术是一把双刃剑。一方面网络管理人员可以借助嗅探技术对网络活动进行实时监控，发现各种网络攻击行为；另一方面黑客也可以利用嗅探技术通过非常隐蔽的方式获取网络中的大量敏感信息。下面我们简单介绍嗅探技术的工作原理。以太网的数据是基于"共享"原理传输的：所有的同一本地网范围内的计算机共同接收到相同的数据包。正是因为这样的原因，以太网卡都构造了硬件的"过滤器"，这个过滤器将忽略掉一切和自己无关的网络信息。事实上是忽略掉了与自身 MAC 地址不符合的信息。嗅探程序正是利用了这个特点，主动关闭了这个过滤器。因此，嗅探程序就能够接收到整个以太网内的网络数据信息了。

网络数据的协议分析是当捕获了网络数据包以后，为了解数据包中的内容和正在进行的服务而对数据包进行详细分析的过程。协议分析是整个网络监控系统的另一核心模块，其基础是 TCP/IP 协议。TCP/IP 协议通常被认为是一个四层的协议系统（参见 5.1 节），因此在网络监控系统中进行协议分析也是分四层进行的，根据需要对不同的层次进行分析。① 网络接口层，在这一层可以获取通信计算机的 MAC 地址。② 网络层，在这一层可以获取网络通信双方的 IP 地址和网络数据包的总长度。③ 传输层，在网络监控系统的实现中，如果需要对应用协议进行分析，必须先要对传输层的协议进行分析，我们可以根据要分析的具体协议对传输层的数据进行处理。④ 应用层，目前互联网上应用得最多的几种应用层协议包括：提供 Web 服务的 HTTP 协议；提供文件传输服务的 FTP 协议；发送和转发电子邮件的 SMTP 协议等。不同应用协议的分析方法也是不同的。例如，FTP 协议分析的主要任务是恢复 FTP 控制连接传递的信息，并将结果存放到数据表中。监控者通过数据表，便可以实时掌握登录 FTP 服务器的用户名、密码以及所执行的FTP 操作命令。

随着网络技术的迅速发展，网络监控技术面临的主要挑战是高速网络环境下如何获取数据，以及如何对海量数据进行实时分析。这也是防火墙、入侵检测等技术共同面临的难题。我们知道，网络安全防御体系无法单纯靠一个产品或技术来实现。网络安全的成熟产品之间必须通过标准的协议和接口进行更好的互动融合，共同实现对网络安全的有效的维护。现在防火墙和入侵检测系统之间已经部分实现了联动，网络监控系统也必将考虑实现这样的功能。

5.9　与时俱进的应急响应技术

应急响应通常是指一个组织为了应对各种意外事件的发生所做的准备，以及在突发事件发生后所采取的措施和行动。计算机网络技术的飞速发展已使得网络系统管理越来越复杂，网上黑客也在迅猛增加，这些都使得确保网络系统的安全性变得越来越困难。当已有的安全防护措施仍然不能阻止安全事件的发生时，应急响应就成了减少损失的重要手段。因此，对网络安全事件采取适当的应急响应措施是维护网络安全必不可少的重要环节。

1988 年著名的 Morris 蠕虫病毒攻击事件，促使美国政府成立了世界上第一个计算机安全应急响应组织 CERT。随后，世界各地各种各样的计算机安全事件响应组织纷纷成立。我国也非常重视应急响应工作，主要的应急响应组织有国家计算机网络应急技术处理协调中心 CNCERT、中国教育和科研计算机网紧急响应组 CCERT 等。前中国网通、中国移动等各大电信运营商也都纷纷成立了自己的应急响应队伍，国家相关部门均在建设自己的应急处理机构，许多企业也已经开展网络安全救援相关服务。

 ### 5.9.1　应急响应的处理流程

应急响应的主要目的是在最短时间内恢复信息系统的正常运行，同时找出引发安全事件的根源，减轻安全事件造成的影响和损失。实际上，应急响应并不单纯是技术人员的工作，它还涉及许多技术之外的问题，包括组织内部管理问题和法律问题等。为能够有序地处理安全事件，我们一般把对安全事件的响应分成准备、事件检测、抑制、根除、恢复、事后分析等 6 个阶段的工作。

1）准备

此阶段主要为安全事件真正发生时的应急响应做好准备工作。主要包括以下几项内容：制定应急响应计划，包括人员组成及分工；应急处理的总目标以及各个阶段的目标；资源的分配；具体的实施方案和备用方案等；对重要的数据和系统进行备份处理；对参加人员进行相关的安全培训，进行应急响应事件处理的预演。

2）事件检测

此阶段主要检测并确认安全事件的发生。入侵检测与应急响应是紧密相关的，检测到对网络和系统的攻击才能触发响应的动作。同时估计安全事件的严重程度，如影响了多少主机、涉及多少网络、攻击者获得了什么样的权限等，以决定后续阶段使用什么级别的应急响应方案。

3）抑制

在确认安全事件发生后，此阶段采取措施抑制事件的进一步扩散，限制安全事件对系统造成损害的范围和程度。这些措施包括：阻断正在发生的攻击行为；在事件发生的第一时间内对故障系统或区域实施有效的隔离和处理；临时切换到备用系统；修改防火墙和路由器的过滤规则。

4）根除

在安全事件被抑制后，挖掘事件的根源并彻底清除。针对大规模爆发的带有蠕虫性质的病毒，应该在系统内部的各个主机上彻底清除；针对系统的入侵、非法授权访问等，应查找系统到底存在哪些漏洞，从而避免类似情况的再次发生。

5）恢复

在根除阶段完成后，需要完全恢复系统的运行，把所有受侵害或被破坏的系统、应用服务、数据库、网络设备等彻底地还原到它们正常的工作状态。恢复工作应十分小心，避免因误操作而导致数据丢失。

6）事后分析

这一阶段是应急响应过程中很重要的一步，也是常常被忽略的一步。事后分析工作包括：回顾并整理安全事件的各种相关信息，尽可能把所有情况记录到文档中；总结教训，分析导致事件发生的根本原因；评估系统遭受的损失；根据分析和评估结果对安全策略进行改进。

5.9.2　应急响应的关键技术

网络安全应急响应是一门综合性的技术学科，几乎涉及网络安全学科的所有技术。这里我们重点介绍几种关键技术。

1. 网络追踪技术

对于安全事件的处理，如果我们仅仅是消除攻击者对系统造成的影响，而不去进行追查，那么就会始终处于"被动挨打"地位。如果我们能够定位攻击源的位置，推断出攻击报文在网络中的穿行路线，就可以为应急响应的事件处理、响应决策提供有价值的信息，协助找到攻击者；也可以为网络安全管理员提供情报，指导他们关注入侵行为频繁发生的网段，采取必要的预防措施；也可以对网络黑客产生威慑作用，迫使他们为了防止被追踪到而减少甚至停止攻击行为。

网络攻击的追踪是个具有挑战性的课题，特别是对于分布式拒绝服务攻击。追踪最直接的方式就是利用 IP 报文追踪技术寻找攻击源点的真实 IP 地址。但为了更好地隐蔽自己，一些网络攻击者通常并不直接从自己的系统向目标发动攻击，而是先攻破若干中间系统，让它们成为"跳板"，再通过这些"跳板系统"完成攻击行动。在这种情况下，IP 报文追踪技术只能追溯到直接发送攻击报文的"跳板系统"，无法找到隐藏在"跳板系统"后的真实攻击源。

网络追踪技术又可分为主动追踪和被动追踪。主动追踪技术主要利用信息隐藏技术，例如针对 HTTP 协议，在返回的 HTTP 报文中加入不易察觉并有特殊标记的内容，从而在网络中通过检测这些标记来定位网络攻击的路径。被动追踪技术基于网络的本身特性，例如利用数据在连接链中流动时应用层数据基本不变的性质，对应用层数据进行摘要（通过 Hash 函数），根据摘要进行有效追踪，从而找出攻击轨迹。

2．计算机取证技术

取证技术是指使用软件和工具，从计算机及网络系统中提取攻击证据。由于网络犯罪越来越多，安全问题越来越复杂，因而，给执法部门提出了一个很严峻的问题，怎样处罚网络犯罪？执法部门怎样获得有效的证据？在应急响应中，收集黑客入侵的证据是一项非常重要的工作。取证技术不但可以为打击网络犯罪提供重要支撑手段，还可为司法鉴定提供强有力的证据。

传统的计算机取证包括物理证据获取和信息发现两个阶段。物理证据获取是指调查人员来到计算机犯罪或入侵的现场，寻找并扣留相关的计算机硬件；信息发现是指从原始数据（包括文件，日志等）中寻找可以用来证明或者反驳什么的证据。我们称这种取证方法为静态取证。随着计算机犯罪技术手段的提高，而且目前大部分入侵都是通过计算机网络实现的，采用静态取证方法无法获取网络信息，因而这种静态的取证手段已经无法满足要求。

现在的计算机取证技术已经发展到动态的信息监控和证据获取。动态取证是将入侵检测系统、防火墙、蜜罐等网络安全技术紧密结合起来，实时获取数据并采用智能分析技术，实时检测入侵，分析入侵企图，在确保安全的情况下，获取入侵者的大量证据，同时将这些证据进行保全、提交的过程。这些证据包括正在运行的主机中的内存数据、进程信息、交换文件、网络状态信息、日志文件以及运行在网络中的网络数据包。动态取证技术能及时地获取入侵证据，因此获取的证据更全面、可靠，同时系统通过实时分析入侵者的企图，采取相应的防御措施，切断或追踪入侵途径，可以将入侵造成的损失降到最低。由于动态取证过程更加系统化并具有智能性，也更加灵活多样，因而已经成为计算机取证技术的新的发展方向。

随着移动通信技术的发展和推广，手机取证也成为获取证据的新途径。所谓手机取证就是对存在于手机内存、SIM 卡、闪存卡和移动运营商网络以及短信服务提供商系统中的电子证据进行提取、保护与分析，整理出有价值的案件线索或能被法庭所接受的证据的过程。

3．网络诱骗技术

网络诱骗技术通过一个精心设计的、存在明显安全弱点的特殊系统来诱骗攻击者，将黑客的入侵行为引入一个可以控制的范围，消耗其资源，了解其使用的方法和技术，追踪其来源，记录其犯罪证据。这种技术不但可研究和防止黑客攻击行为，增加攻击者的工作量和攻击复杂度，为真实系统做好防御准备赢得宝贵时间，还可为打击计算机犯罪提供举证。

蜜罐（honeypot）、蜜网（honeynet）是网络诱骗技术的主要应用形式。蜜罐只有虚假的敏感数据，不用于对外的正常服务，它可以是一个网络、一台主机、一项服务，也可以是数据库中的某些无用的数据项以及伪装的用户名及其弱口令等，因此任何与它交互的行为都可被认为是攻击行为，这样简化了检测过程。它可以部署在各个内部子网或关键主机上，检测来自网络系统外部和内部的攻击，是一种以检测、监视并捕获攻击行为和保护真实主机为目标的诱骗技术。蜜网是在蜜罐技术上逐步发展起来的，又可称为诱捕网络。蜜网构成了一个黑客诱捕网络体系架构，该架构由若干个能收集和交换信息的蜜罐构成，并融入数据控制、数据捕获和数据采集等元素，使得安全研究人员能够方便地追踪入侵蜜网中的黑客，并对他们的攻击行为进行控制和分析。

蜜罐与蜜网的核心技术是欺骗诱导技术和数据捕捉技术。欺骗诱导技术对于蜜罐至关重要，蜜罐只有在受到黑客攻击时才能体现其价值，没有黑客的活动，蜜罐建得再好也只能是对资源的闲置和浪费。欺骗诱导技术是使蜜罐系统在网络上与真实的主机系统难以区分。数据捕捉技术是蜜罐的核心，就是在不被入侵者察觉的情况下尽可能多地捕捉、收集他们的活动并存放在安全的地方，并且要确保捕获的攻击数据的准确性、完整性和时效性。

第6章
信息社会的生命线
——安全基础设施

6.1　朝夕相处的基础设施

普适性基础（Pervasive Substrate）就是一个大环境（例如公司组织）的基本框架，可以提供公共和基础服务，一个基础设施可视作一个普适性基础。电子通信基础设施（也就是网络）、电力供应基础设施、铁路和公路基础设施、水利基础设施就是我们熟悉的例子。有了网络，我们才可以打手机、打固话、看电视、听收音机等；有了电厂和输电线路，我们才能有电灯照明，有电冰箱存放肉类蔬菜瓜果，有电饭锅可以煮饭；有了铁路和公路，我们可以跑火车汽车，农产品从乡下运到城里，工业品从工厂运到世界各地，各种生活用品才能正常流通；有了水利设施我们可以减少洪涝灾害和发电。

 ## 6.2　蓬勃发展的安全基础设施

安全基础设施就是为整个组织（"组织"是可以被定义的）提供安全的基本框架，可以被组织中任何需要安全的应用和对象使用。安全基础设施的"接入点"必须是统一的，便于使用（就像 TCP/IP 栈和墙上的电源插座一样）。只有这样，那些需要使用这种基础设施的对象在使用安全服务时，才不会遇到太多的麻烦。

具有普适性的安全基础设施首先应该是适用于多种环境的框架。这个框架避免了零碎的、点对点的，特别是没有互操作性的解决方案，引入了可管理的机制以及跨越多个应用和计算平台的一致安全性。不难想像，假如每对通信方都用他们自己的通信线路通信，或者每个人都用自己的发电机产生自己任意选择的电压和电流，这个世界将是多么的混乱。一个经过很好设计和定义的基础设施带来的一致性和方便性被古往今来许多社会事实所证实。所以在设计和定义阶段付出努力是值得的。

安全基础设施的主要目标就是实现"应用支撑"的功能。从某种意义上来讲，电力系统就是一个应用支撑，它可以让"应用"，如烤面包机、电灯正常地工作。进一步地讲，由于电力基础设施具有通用性和实用性的特点，使它能支持新的"应用"（如吹风机），而这些"应用"在电力基础设施设计的时候，还没有出现。

安全基础设施能够让应用程序增强自己的数据和资源的安全，以及与其他数据和资源交换中的安全。怎样使增加安全功能变得简单、易于实现是最有用的。甚至可以说，使用安全基础设施应当像将电器设备插入墙上的插座一样简单：

（1）具有易于使用、众所周知的界面；

（2）基础设施提供的服务可预测且有效；

（3）应用设备无需了解基础设施如何提供服务。

以烤面包机为例，对烤面包机来说，电能怎样从发电站传送到房间，或者传送到房间里墙上的各种各样的插座是没有区别的。可是，当烤面包机一旦插入墙上任何一个电源插座，它就可以从众所周知的界面（电源插座）得到指定的电压和电流，从中获取能量，并正常工作。

安全基础设施必须具有同样友好的接入点，为应用设备提供安全服务。应用设备无需知道基础设施如何实现安全服务，但基础设施能够一致有效地提供安全服务才是最重要的。

6.3 安全基础设施的家谱

目前最流行的安全基础设施主要有两类：一类是公开密钥基础设施（PKI）/密钥管理基础设施（KMI），主要用于产生、发布和管理密钥与证书等安全凭证，以及为用户建立信任关系的安全基础设施；另一类是检测/响应基础设施，主要用于预警、检测、识别可能的网络攻击和监控网络事件、网络舆情等，作出有效响应以及对攻击行为和相关事件进行调查分析和处置。理论上，公开密钥基础设施应属于密钥管理基础设施，但国内目前将密钥管理基础设施等同于对称密钥管理基础设施。

6.4　公开密钥基础设施——PKI

公开密钥基础设施（PKI，Public Key Infrastructure）是安全基础设施中建设的最好的一种，可以将 PKI 与电力设施做一个类比，电力系统通过发电厂发电，然后通过电线把电力输送到家家户户的插座中，人们就可以用来照明、煮饭；PKI 通过一个叫做认证机构 CA 的管理设施颁发数字证书，就像发电厂；PKI 中最基本的元素就是数字证书，就像电力系统中的电力，而数字证书可以通过 UKey 或者加密的网络传到用户手中。用户拿到数字证书后就可以用来在合同上进行数字签名、登录时做身份认证、也可以进行建立通信保密的链路，就像用户用电照明煮饭那样。

PKI 是用于产生、发布和管理密钥与证书等安全凭证，以及为用户建立信任关系的安全基础设施。PKI 到底是什么？通过类比可以让我们更好地理解。

首先看产出部分。电力基础设施提供能源，PKI 提供网络安全服务。能源可以用于许多需要能源的设备，而安全服务可以为其他需要安全的应用提供某种保障。PKI 可以提供的安全服务包括身份认证、机密性、完整性、真实性和不可否认性。

其次看服务原理。电力系统通过输送电子（电压）提供电能，PKI 通过传播数字证书保证安全。数字证书是一段数字，该数字说明了一个身份，是由 CA 通过数字签名获得的。任何人无法篡改它，因为任何人都不能假冒 CA 但却可以验证数字证书是否正确。数字证书是可以公开的，数字证书在分发过程中没有被篡改的问题。

再次看组成部分。电力系统主要包括各种发电厂，连接电缆，并网控制设备，变电站，用电接口（如插座）等，PKI 主要包括 CA（证书机构），RA（注册机构），证书资料库，在线状态服务客户接口等。CA 是签发证书的场所，RA 是注册登记的场所，证书资料库是管理证书的地方，客户接口是提供服务的标准接口。

最后看系统结构。一个发电机加两根电线可能不是电力基础设施，甚至连电力基础设施中的部件都不是。同样，一个 CA 和几个用户也不能算是 PKI。一个不满足一定规范的 CA 可能都不能称为 PKI 的部件。PKI 的部件的重要特点就是能够互操作。而互操作规范就是一种评判一个设备是否为 PKI 部件的一个标准。PKI 应该是由多个可以互操作的 CA、RA、资料库和众多接口组成的大系统。

PKI 的主要功能是提供身份认证、完整性、机密性和不可否认性服务。

在现实生活中，认证采用的方式通常是两个人事前进行协商，确定一个秘密，然后依据这个秘密进行相互认证。随着网络的扩大和用户的增加，事前协商秘密会变得非常复杂，特别是在电子政务中，经常会有新聘用和退休的情况。另外，在大规模网络中，两两进行协商几乎是不可能的，透过一个密钥管理中心来协调也会有很大的困难，而且当网络规模巨大时，密钥管理中心甚至有可能成为网络通信的瓶颈。

PKI 通过证书进行认证，认证时对方知道你就是你，却无法知道你为什么是你。在这里，证书是一个可信的第三方证明，通过它，通信双方可以安全地进行互相认证而不用担心对方会假冒自己。

通过加密证书，通信双方可以协商一个秘密，而这个秘密可以作为通信加密的密钥。在需要通信时，可以在认证的基础上协商一个密钥。在大规模网络中，特别是在电子政务中，密钥恢复也是密钥管理的一个重要方面，政府决不希望加密系统被贩毒分子窃取使用。当政府的个别职员背叛或利用加密系统进行反政府活动时，政府可以通过法定的手续解密其通信内容，保护政府的合法权益。PKI通过良好的密钥恢复能力，提供可信的、可管理的密钥恢复机制。PKI 的普及应用能够保证在全社会范围内提供全面的密钥恢复与管理能力，保证网上活动的健康发展。

完整性与不可否认性是 PKI 提供的最基本的服务。一般来说，完整性也可以通过双方协商一个秘密来解决，但一方有意抵赖时，这种完整性就无法接受第三方的仲裁。PKI 提供的完整性是可以通过第三方仲裁的，而这种可以由第三方进行仲裁的完整性是通信双方都不能否认的。例如，张三发送一个合约给李四，李四可以要求张三进行数字签名，签名后的合约不仅李四可以验证其完整性，其他人也可以验证该合约确实是张三签发的。而所有的人，包括李四，都没有模仿张三签名这个合约的能力。不可否认性就是通过这样的 PKI 数字签名机制提供服务。当法律许可时，该不可否认性可以作为法律依据（美国、中国等一些国家已经颁布数字签名法）。

我们来看一下 PKI 的主要组成部分，如图 6.1 所示。

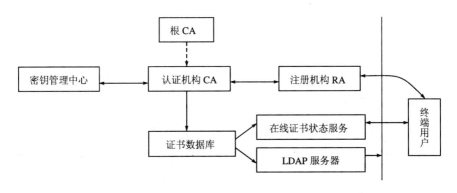

图 6.1　PKI 系统的主要组成部件

1. 认证机构（CA，Certification Authority）

大多数 PKI 有一个或者多个证书认证机构来控制新证书的颁发。认证机构有自己的公私钥对，并用它来签发用户的证书，形成一个信任网链。CA 接到来自 RA 的颁发证书请求后，就给用户颁发数字证书（这时候必须由密钥管理中心启动一个安全程序给用户生成公私钥对，公钥绑在数字证书里面，私钥直接注入 Ukey 或者智能卡等凭证里交给用户），而证书生成出来后，一方面被存储到证书数据库用作管理维护，一方面发布到 LDAP 服务器供终端用户下载。

2. 注册机构（RA，Registration Authority）

注册机构的功能是分担 CA 的部分功能。PKI 的系统往往非常庞大，以北京 CA、上海 CA 为例，通常有几百万张用户证书，而在颁发一个证书前，用户的身份和凭证需要通过人工检查，如填表，核对证件等，这个工作在一个网点进行申请显然是不合适的，这很像银行的网点，因此需要注册机构 RA 分担 CA 的诸如审核之类的功能，而真正签发证书的私钥还是 CA 的。RA 只是负责资格审核和填写，核对无误后把申请通过网络传递给 CA，CA 签发证书成功后通过网络返回给 RA，同时把证书发布到公开的证书库，供应用程序或人查询（实际上，出于对申请者证书信息的保护和安全的考虑，这个查询往往受限制的，无关的人查不到证书的资料）。因为申请信息有 RA 的数字签名，别人是不可能伪造的，实际上人们还往往通过 VPN 或者其他链路保护手段进行链路加密，即使公网传输数据也不会被篡改。

3. 证书数据库和 LDAP

签发的证书需要有一个存放的地方，供用户来查询，一般用 LDAP 来存放证书，因为它的结构是目录式的，与 X.500 给出颁发者和持有者的命名结构一样，查询起来非常方便。

4．证书撤销列表和在线证书状态服务

证书的字段里包含有效期，但在证书有效期内，可能碰上一些意外情况，如私钥丢失、被盗，或者是个恶意用户，那么就需要撤销证书。比如，假定有一张证书到 2030 年 8 月 31 日到期，但用户的私钥这时候被偷了，那么就应该撤销这张证书，并需颁发一张新证书来替代它。新证书中将用新的、安全的密钥来替代被偷的密钥。证书上并没有标识它是否被撤销，因此需要辅助的机制来辨别证书是否被撤销，于是出现了证书撤销列表（CRL，Certificate Revocation List）和在线证书状态协议 OCSP。

证书撤销列表里面的主要包含的内容一是撤销证书的序列号，另一个是证书的颁发者，还可能有证书撤销的原因等，然后这些项被 CA 进行签名，以防别人伪造发布，CRL 一般是周期性发布，比如一天发布一次，也可能有证书撤销后及时发布，用户下载 CRL 到自己的机器，在进行身份认证等功能的时候就会检测 CRL 列表里是不是有这个证书序列号，如果该证书已经被撤销了，那么就禁止使用。

由于 CRL 往往会有一段时间延迟，今天早上发布的，用户却可能明天才下载，为了解决这个问题，PKI 又提供了 OCSP。这是一个在线的服务器，用户在使用证书前，直接从网络通过协议查询证书的状态是不是被撤销，这样就避免了证书被撤销后还使用的情况。

密钥备份指的是用户私钥由 PKI 管理员进行安全存储，以防用户丢失或忘记其私钥。

密钥恢复是允许忘记的私钥恢复的协议。通常被允许存取该私钥之前，用户必须证明他的身份。当一个密钥出于安全预防的考虑需要被换掉，这时候就会进行密钥更新。例如，当一张证书快过期的时候，需要产生一个替代的密钥并且生成新证书替代旧证书。密钥更新协议可能用旧密钥（在过期之前）加密新密钥，这样更新的证书可以通过电子方式传送给持有者。这个过程可能比最初产生新密钥和新证书更简单更有效，因为最初新证书可能通过非密码的安全信道发送到用户的手中。

密钥颁发、撤销或更新的时间也非常重要。例如，证书通常有固定的有效期。对一些数据的签名包含一个指定的时间段，指明在这期间密钥是有效的。

证书是 PKI 的基本构建块，PKI 的安全及扩展性最终建立于证书之上（有意思的是，证书的概念是由 Kohnfelder 于 1978 年在他的 MIT 学士论文中提出的）。最简单的证书形式就是把一个身份和一个公钥绑定，这通常是由一个可信的机构（即认证机构 CA）用私钥对证书签名完成，而 CA 的验证公钥是公开发布的，因此证书上的 CA 签名是可以被公开验证的，这样证书上的信息就可以被相信。

符合 X.509 V3 版本的证书是最流行的证书格式，最后我们来看一下 X.509 证书包含的主要字段：

（1）版本号（一般是 2，代表 X.509 V3 版本）；

（2）序列号（CA 给证书签发的唯一标识号）；

（3）签名算法标识（标明是用的那种公钥算法）；

（4）颁发者（CA 的名称）；

（5）有效期（包含一个起始日期和一个终止日期）；

（6）主题名（也就是证书的持有者）；

（7）证书持有者的公钥；

（8）可选项（其他一些需要说明的信息）；

（9）对前面所有项的 CA 签名。

  X.509 证书最初采用 X.500 命名来定义主题名。X.500 命名有一个层次结构，如 C=CN（中国），O=中国科学院软件研究所，OU=信息安全国家重点实验室，CN=张三。其中"C"代表国家，"O"代表组织，"OU"代表组织下属部门，"CN"代表通用名。主题名实际上用一个对象标识符（OID）编码。例如，证书将包含一个数字的 OID 来代表字符串"中国科学院软件研究所"。

第 7 章
信息安全的参考系
——信息安全标准

7.1　信息安全标准的目的和作用

历史上的秦始皇，通过统一中国为我国的疆域形成、民族融合、文化发展等做出了开拓性的贡献，通过修筑长城和兵马俑为我们留下了丰厚的历史遗产。除此之外，秦始皇还推行了另外一项对社会发展具有深远意义的工作，那就是统一全国的度量衡。**这种"社会标准"方面的统一，其意义完全不亚于地域形式上的统一，它使我们各个地区的联系更加紧密，真正起到了促进各民族、各地区的大融合。**

让我们看一些例子来帮助理解"标准"的巨大作用：如果没有 220V 的标准电压，我们的家用电器将无法使用统一的电源；如果没有标准的通信协议，我们将无法使用互联网查阅信息；如果没有统一的食品添加剂标准，我们的日常生活更没有安全保障。标准已经深入到我们生产生活中的方方面面，大到飞机、汽车、房屋，小到信封、纸张、计算机鼠标，都必须遵循相应的标准进行生产，才能够上市销售。

信息安全措施也可以视为我们在生产生活中需要使用的一类事物，它可以是个人计算机中安装的杀毒软件，可以是互联网络中部署的防火墙或入侵检测系统，也可以是企事业单位实施的信息安全管理制度。为了保证这些信息安全措施能够发挥其应有的作用，为我们的个人计算机、互联网络和企事业单位提供有效的信息安全保障，应该建立面向信息安全措施的基础参考和评价依据，从而对信息安全措施提出标准化的要求。**信息安全标准是信息安全规范化和法制化的基础，是实现技术安全保障和管理安全保障的重要依据。**

本章将从国内外信息安全标准化组织开始，分析信息安全标准的分类，介绍主要的信息安全标准，帮助读者理解标准在信息安全工作中所起到的基础性作用。

7.2　国际上主要的信息安全标准化组织

为了提高信息安全措施的一致性和规范性，国际上有很多组织机构致力于制定和颁布信息安全相关的标准规范，本节简要介绍其中具有代表性的一些组织。

1．国际标准化组织（ISO）

国际标准化组织（ISO，International Standardization Organization）是知名度最高、影响范围最广的标准化组织。自 1946 年组建以来，已经发布了 12000 多个标准，范围涵盖机械、化学、建筑、金属、航空、燃料、能源、运输、信息技术、质量、测量、安全、环境、医疗以及日用消费品。著名的 ISO 9000 质量管理体系、开放系统互联（OSI，Open Systems Connection）参考模型等，都是该组织提出的标准。

ISO 于 1990 年 4 月在瑞典斯德哥尔摩年会上正式成立了信息技术安全分委会（SC27），其名称为信息技术——安全技术，该分委会负责信息技术安全的一般方法和技术的标准化，包括确定信息技术系统安全的一般要求（含要求方法）、开发安全技术和机制（含注册程序和安全组成部分的关系）、开发安全指南（如解释性文件，风险分析）、开发管理支撑性文件和标准（如术语和安全评价准则）。

1997 年 ISO 对技术领域进行了合并和重大调整，信息技术安全分委会仍然保留，并作为 ISO/IECJTC1 安全问题的主导组织。运行模式是既作为一个技术领域的分委会运行，还要履行特殊职能，负责通信安全的通用框架、方法、技术和机制的标准化。该分委会负责制定或正在制定的标准超过了 40 项。

由 ISO 制定的信息安全标准主要有《信息安全管理体系要求》（ISO/IEC 27001）、《信息技术安全性评估准则》ISO/IEC 15408 等。这些标准在开展信息安全管理和安全评估方面得到了广泛应用。

2．国际电信联盟（ITU）

国际电信联盟（ITU）是标准化国际电信的一个国际性机构，1947 年成为联合国的一个办事机构，其前身成立于 1865 年。ITU 的章程是"在促使世界范围电信标准化的观点下，负责研究技术的、运行的以及关税的问题，并就这些问题发布建议书（Recommendation）"。主要目标是尽可能地将电信领域的技术和操作标准化，以达到通过国际电信连接的端对端的兼容性。

ITU SG17 组负责研究网络安全标准，包括通信安全项目、安全架构和框架、计算安全、安全管理、用于安全的生物测定、安全通信服务。此外 SG16 和下一代网络核心组也在通信安全、H.323 网络安全、下一代网络安全等标准方面进行研究。

由 ITU 制定的信息安全标准主要有目录访问服务协议（X.500）、数字证书标准（X.509）等。这些标准在构建公钥基础设施（PKI）方面得到了广泛的应用。

3．因特网协会

因特网协会建立于 1992 年，是一个国际性的、非营利性的专业性组织。其中，因特网工程任务组（IETF，Internet Engineering Task Force）负责具体标准的制定工作，因特网工程指导组（IESG，Internet Engineering Steering Group）负责标准的审批。由因特网协会发布的标准通常要经历因特网草案（Internet Draft）、请求评论（RFC，Request for Comment）和因特网标准三个阶段。RFC 是否发展成为因特网标准由 IESG 根据 IETF 的建议做出决定。

IETF 标准制定的具体工作由各个工作组承担。IETF 分成 8 个工作组，分别负责 Internet 路由、传输、应用等 8 个领域。IETF 制定了大量有关信息安全的标准，著名的因特网密钥交换协议（IKE）、传输层安全协议（TLS）、因特网协议安全（IPSec）都在 RFC 系列之中，还有电子邮件、网络认证和密码及其他安全协议标准。

4. 国际电气和电子工程师学会（IEEE）

国际电气和电子工程师协会（IEEE）是一个国际性的电子技术与信息科学工程师协会，是世界上最大的专业技术组织之一。IEEE 发表多种杂志、学报、书籍，每年组织 300 多次专业会议。IEEE 的许多学术会议在世界上很有影响，有的规模很大，达到 4 万～5 万人。

IEEE 定位在"科学和教育，并直接面向电子电气工程通信、计算机工程、计算机科学理论和原理研究的组织，以及相关工程分支的艺术和科学"。IEEE 是一个广泛的工业标准开发者，主要领域包括电力、能源、生物技术和保健、信息技术、信息安全、通信、消费电子、运输、航天技术和纳米技术。IEEE 定义的标准在工业界有极大的影响。

IEEE 制定的信息安全标准主要有局域网安全性规范（IEEE 802.10）、公钥密码（IEEE P1363）、无线局域网安全（IEEE 802.11i）等。

5. 美国国家标准协会（ANSI）

美国国家标准协会（ANSI，American National Standard Institute）是非营利性民间标准化团体。ANSI 经美国联邦政府授权，其主要职能是：协调国内各机构、团体的标准化活动，审核批准美国国家标准，代表美国参加国际标准化活动，提供标准信息咨询服务，与政府机构进行合作。ANSI 下设电工、建筑、日用品、机械制造、安全技术等技术委员会。

ASNI 有两个小组负责金融安全标准的制定工作，ASCX9 制定金融业务标准，ASCX12 制定商业交易标准。已与美国标准委员会（ASC）共同制定了汇兑的安全标准 9 个。与此同时，金融领域也在进行金融交易卡、密码服务消息，以及实现商业交易安全等方面的工作。

6. 美国联邦信息处理标准（FIPS）

美国联邦政府非常重视自动信息处理的安全性，早在 20 世纪 70 年代初就开始了信息技术安全标准化工作，1974 年就已发布标准。1987 年的"计算机安全法案"明确规定了针对政府机密数据的安全保密标准和指南。联邦信息处理标准（FIPS）是在美国政府计算机标准化计划下开发的标准。这个计划定义了用于政府机关的自动化数据处理和远程通信标准。FIPS 遵循美国国家标准协会（ANSI）标准，政府机关必须遵从 FIPS 标准，供应商基于商业用途有选择地遵循 ANSI 定义的标准，而许多重视安全性的企业也都依循该标准来建立公司安全的最佳范例。

目前主要的 FIPS 标准有：FIPS 140-2——加密模块的安全要求、FIPS 186-2——数字签名标准、FIPS 197——高级加密标准（AES）、FIPS 201——联邦政府职员和承包商的个人身份验证等。

7. 美国国家标准技术研究所（NIST）

美国国家标准技术研究所（NIST）是直属于美国商务部的联邦政府部门，是美国重要的国家级研究机构之一。NIST 成立于 1902 年，主要从事物理、生物和工程方面的基础和应用研究，以及测量技术和测试方法方面的研究，提供标准、标准参考数据及有关服务，在国际上享有很高的声誉。

SP 800 系列特别出版物是 NIST 发布的在计算机安全等领域所进行的研究、指导和成果以及在此领域与业界、政府和学术组织协同工作的报告。SP 800 系列特别出版物涵盖了密码技术、入侵检测、电子邮件安全、安全管理、安全评估、安全工程、无线网安全等信息安全的各个方面，已经成为安全界普遍认同和参考的安全准则和最佳实践。

7.3 我国主要的信息安全标准化组织

1. 国家标准化管理委员会

我国由国务院标准化行政主管部门统一管理全国标准化工作。中国国家标准化管理委员会（中华人民共和国国家标准化管理局）为国家质检总局管理的事业单位，是国务院授权的履行行政管理职能，统一管理全国标准化工作的主管机构。主要职责有以下几方面。

（1）参与起草、修订国家标准化法律、法规的工作；拟定和贯彻执行国家标准化工作的方针、政策；拟定全国标准化管理规章，制定相关制度；组织实施标准化法律、法规和规章、制度。

（2）负责制定国家标准化事业发展规划；负责组织、协调和编制国家标准（含国家标准样品）的制定、修订计划。

（3）负责组织国家标准的制定、修订工作，负责国家标准的统一审查、批准、编号和发布。

（4）统一管理制定、修订国家标准的经费和标准研究、标准化专项经费。

（5）管理和指导标准化科技工作及有关的宣传、教育、培训工作。

（6）负责协调和管理全国标准化技术委员会的有关工作。

（7）协调和指导行业、地方标准化工作；负责行业标准和地方标准的备案工作。

（8）代表国家参加国际标准化组织（ISO）、国际电工委员会（IEC）和其他国际或区域性标准化组织，负责组织 ISO、IEC 中国国家委员会的工作；负责管理国内各部门、各地区参与国际或区域性标准化组织活动的工作；负责签订并执行标准化国际合作协议，审批和组织实施标准化国际合作与交流项目；负责参与与标准化业务相关的国际活动的审核工作。

（9）管理全国组织机构代码和商品条码工作。

（10）负责国家标准的宣传、贯彻和推广工作；监督国家标准的贯彻执行情况。

（11）管理全国标准化信息工作。

（12）在质检总局统一安排和协调下，做好世界贸易组织技术性贸易壁垒协议
（WTO/TBT 协议）执行中有关标准的通报和咨询工作。

（13）承担质检总局交办的其他工作。

2. 全国信息安全标准化技术委员会

为了加强信息安全标准的协调工作，2002 年 4 月国家标准化管理委员会决定
成立全国信息安全标准化技术委员会（简称信安标委，委员会编号 TC260），由国
家标准委直接领导，对口国际标准化组织 ISO/IEC JTC1 SC27，秘书处设在中国
电子技术标准化研究所。目前，信安标委正式启动了七个工作组：

（1）信息安全标准体系与协调工作组（WG1）；

（2）涉密信息系统安全保密工作组（WG2）；

（3）密码工作组（WG3）；

（4）鉴别与授权工作组（WG4）；

（5）信息安全评估工作组（WG5）；

（6）通信安全标准工作组（WG6）；

（7）信息安全管理工作组（WG7）。

信安标委成立以来，在工信部、公安部、安全部、国家保密局、国家密码管
理局、科技部、认监委和总参等各部门的指导和大力支持下，已完成国家标准近
70 项。

3. 各部委标准制定组织

在我国信息化建设过程中，为实现规范有效的管理，工信部、公安部、国家

保密局、国家密码管理局等部委也陆续制定了一系列信息安全标准。根据国家政策要求，自 2004 年 1 月起，各部委在申报信息安全国家标准计划项目时，必须经信安标委提出工作意见，协调一致后由信安标委组织申报。在国家标准制定过程中，标准工作组或主要起草单位要与信安标委积极合作，并由信安标委完成国家标准送审、报批工作。

在具体标准的制订过程中，各部委负责牵头起草标准内容，如果该部委直接发布，则属部门或行业标准（规范），不是国家标准。如果以国家标准发布，必须报请信安标委审查通过后，由国家标准化管理委员会统一发布。

7.4　信息安全标准的家谱

关于信息安全标准的分类，目前我国比较通用的分类方法有以下三种。

（1）按标准发生作用的范围和审批标准级别来分，分为国家标准、行业标准、地方标准、企业标准四类。例如由信安标委送审报批并由国家标准化管理委员会发布的是信息安全国家标准，由工信部等部门直接发布的则是信息安全部门或行业标准。

（2）按标准的约束性来分，分为强制性标准和推荐性标准两类。强制性标准是保障人体健康，人身、财产安全的国家标准或行业标准和法律及行政法规规定强制执行的标准，其他标准则是推荐性标准。《中华人民共和国标准化法》规定：强制性标准，必须执行，不符合强制性标准的产品，禁止生产、销售和进口；推荐性标准，国家鼓励企业自行采用。例如 GB 17859—1999《计算机信息系统安全保护等级划分准则》就属于强制性标准，计算机信息系统必须按照该标准进行安全保护等级的划分，而 GB/T 22239—2008《信息系统安全等级保护基本要求》则属于推荐性标准。

（3）按标准在标准系统中的地位和作用来分，分为基础标准和一般标准两类。基础标准是指一定范围内作为其他标准的基础并普遍使用的标准，具有广泛的指导意义，例如 GB 17859—1999《计算机信息系统安全保护等级划分准则》由于在我国信息安全等级保护工作中的基础性作用，应视为基础标准。

这里，我们重点介绍一种从用途出发进行的标准分类方法，如图 7.1 所示。

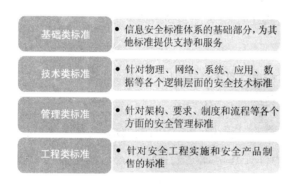

基础类标准 · 信息安全标准体系的基础部分，为其他标准提供支持和服务

技术类标准 · 针对物理、网络、系统、应用、数据等各个逻辑层面的安全技术标准

管理类标准 · 针对架构、要求、制度和流程等各个方面的安全管理标准

工程类标准 · 针对安全工程实施和安全产品制售的标准

图 7.1 信息安全标准分类

1．安全基础类标准

安全基础类标准是信息安全标准体系的基础部分，为其他标准提供支持和服务。此类标准典型的有：

（1）信息安全术语（如 GB/T 5271.8—1993《数据处理词汇 08 部分：控制、完整性和安全性》）；

（2）语法规则（如 GB/T 16263—1996《信息技术 开放系统互连 抽象语法记法一（ASN.1）基本编码规则规范》）；

（3）信息安全体系架构（如 GB/T 9387.2—1995《信息技术 开放系统互连 基本参考模型 第 2 部分：安全体系结构》、RFC 1825《TCP/IP 安全体系结构》、ISO 7498—2《OSI 安全体系结构》）；

（4）信息安全模型（如 GB/T 9387.1—1998《信息技术 开放系统互连 基本参考模型 第 1 部分：基本模型》、GB/T 17965—2000《信息技术 开放系统互连 高层安全模型》）。

2. 安全技术类标准

安全技术是实现安全保障的基础。安全技术类标准是针对物理、网络、系统、应用、数据等各个逻辑层面技术以及专项安全技术的标准。此类标准典型的有：

（1）物理安全标准（如 GB 9361—1988《计算站场地安全要求》、GB 4943—2001《信息技术设备的安全》）；

（2）网络安全标准（如 RFC 2401《因特网协议安全（IPSec）》、RFC 2246《传输层安全（TLS）协议》、IEEE 802.11i《无线局域网安全》、GB/T 17963—2000《信息技术 开放系统互连 网络层安全协议》）；

（3）系统安全标准（如 GB/T 20271—2006《信息安全技术 信息系统通用安全技术要求》、GB/T 20272—2006《信息安全技术 操作系统安全技术要求》、GB/T 20273—2006《信息安全技术 数据库管理系统安全技术要求》）；

（4）应用安全标准（如 RFC 2660《安全超文本传输协议》、RFC 3851《安全多用途网际邮件扩充协议》、ANSI X9.9-1986《金融机构的消息鉴别（批量）》）；

（5）数据安全标准（如 ISO/IEC 9797:1993《信息技术 安全技术 用块密码算法作密码校验函数的数据完整性机制》、ANSI X3.92-1981《数据加密算法》）；

（6）专项安全标准（如针对数字签名技术的 ISO/IEC 9796：1991，2，3《带消息恢复的数字签名方案》、针对身份鉴别机制的 ITU-T X.509《目录鉴别框架》、针对抗抵赖机制的 ISO/IEC 13888-1:1998）。

3．安全管理类标准

安全管理类标准是实现整体安全保障的核心环节。安全管理类标准是围绕信息安全管理过程中所涉及的架构、要求、制度和流程等各方面的标准。此类标准典型的有：

（1）管理框架类标准（如 ISO/IEC 13335《IT 安全管理指南》、ISO/IEC 27001《信息安全管理体系要求》、ISO/IEC 20000《IT 服务管理体系》、GB/T 20269—2006《信息系统安全管理要求》）；

（2）实施指导类标准（如 ISO/IEC 27002《信息安全管理实践准则》、ISO/IEC 27003《信息安全管理实施指南》、GB/T 22240—2008《信息系统安全等级保护定级指南》）；

（3）监督管理类标准（如 GB 17859—1999《计算机信息系统安全保护等级划分准则》、GB/T 22239—2008《信息系统安全等级保护基本要求》）；

（4）测试评估类标准（如 ISO/IEC 15408《信息技术安全评估通用准则》、DOD TCSEC《可信计算机系统评估准则》、GB/T 20984《信息技术　信息安全风险评估规范》、GB/T 20280—2006《网络脆弱性扫描产品测试评价方法》）。

4．安全工程类标准

安全工程类标准主要是用于规范信息安全工程实施、信息安全产品制售等方面的标准，此类标准典型的有：

（1）安全产品类标准（如 GB/T 18018—1999《路由器安全技术要求》、GB/T 18020—1999《信息技术　应用级防火墙安全技术要求》、GB/T 17900—1999《网络代理服务器的安全技术要求》）；

（2）工程实施类标准（如 SSE-CMM《系统安全工程能力成熟度模型》、GB/T 20282—2006《信息系统安全工程管理要求》）。

当我们了解了信息安全标准的目的、作用、典型的信息安全标准化组织，以及主要的信息安全标准后，也许我们可以更好地理解以下针对"标准"的标准化定义。

（1）国际标准化组织于 1983 年 7 月发布的 ISO 第二号指南（第四版）对标准的定义为："由有关各方根据科学技术成就与先进经验，共同合作起草，一致或基本上同意的技术规范或其他公开文件，其目的在于促进最佳的公共利益，并由标准化团体批准。"

（2）我国国家标准《标准化基本术语》（GB 3935.1.83）中对标准的定义为："标准是对重复性事物和概念所做的统一规定。它以科学、技术和实践经验的综合成果为基础，经有关方面协调一致，由主管机构批准，以特定形式发布，作为共同遵守的准则和依据。"

（3）标准可以理解为衡量事物的准则或作为准则的事物，包含技术规范或其他被一致地用作规则、指南或角色定义的精确的准则，用以保证材料、产品、过程和服务合乎一定的目的。

第 8 章
信息安全的度量器
——信息安全测评

8.1　信息安全测评的目的和作用

第 7 章我们介绍了信息安全标准。标准最大的作用在于促成技术和管理流程的规范化。那么，如何判断安全技术或管理流程是否符合标准的要求？如何度量信息系统的安全性？这是本章重点阐述的问题。

评估和度量的重要性不言而喻。著名的结构化分析和设计的创始人之一，曾因"对信息科学的重大贡献"成为 1986 年 J.-D. Warnier 奖得主的 Tom DeMarco 说过："你无法控制你不能度量的东西"，"唯一不可原谅的失败就是没有从过去的失败中得到教训"。著名管理学家卡普兰（平衡积分卡的发明人）有一句名言："If you can't measure it, you can't manage it."（你不能衡量的东西，你是不能管理的）。

我们再看两千多年前的秦始皇，虽然没有总结出如此精辟的结论，却在统一度量衡的工作中通过实际行动验证了这一点，可以说与这些西方专家学者的真知灼见有异曲同工之妙。当年秦始皇统一度量衡的具体措施包括：

（1）颁发统一度量衡的法令；

（2）沿用战国（秦）时度量衡制度、法规；

（3）制造和颁发度量衡标准器；

（4）实行严格的检定制度。

其中前两条属于第 7 章所介绍的标准范畴，而第（3）条和第（4）条关注的正是如何开展针对标准化度量衡制度的测评（测量、测试、检测、评估、检查）工作，包括工具（度量衡标准器）和制度（严格的检定制度），从中我们可以看出测评工作对于贯彻一项重要制度的重要作用。

测评包含测试和评估两个层面的工作。测试是按照规定的程序，为确定给定的产品、材料、设备、生物组织、物理现象、工艺或服务的一种或多种特性的技术操作；评估是对测试/检验产生的数据进行分析、形成结论的技术活动。

信息安全测评的目的是通过建立有效的安全度量指标，依据指标实施规范化的测试和评估，度量并掌握信息技术（产品、系统）的安全状况，为安全认证和安全改进提供直接依据。

 ## 8.2　国际上主要的信息安全测评认证机构

国外的信息安全测评工作开展的比较早，已经形成了一套比较科学合理的测评认证体系。以美国为首的欧美发达国家在其信息化发展的过程中，依托自身在科学技术领域的领先优势，逐步建立了相关的信息安全测评机构，并形成了配套的工作机制。亚太地区及发展中国家也不甘落后，最大限度地利用可能的资源投入信息安全测评工作的开展。另外，一些国际性组织则通过发布和推行标准，对信息安全测评工作作出规范性的要求和指导。

考虑到信息安全在国家安全战略中所处的重要地位，为了保证信息安全的自主可控，信息安全测评机构通常由国家安全部门或信息技术主管部门设立，例如美国的信息安全测评认证工作就是由国家安全局和国家标准局联合实施。随着信息安全越来越受到各国政府的高度重视，英国、德国、法国、澳大利亚、加拿大、荷兰、日本、韩国等国家，纷纷以此为契机，逐步建立起本国的信息安全测评机构与配套制度，积极开展信息安全测评认证工作。

1．美国

美国国家安全局（NSA）负责管理美国的信息安全测评与认证制度，美国国家标准技术研究所（NIST）则负责制定和发布相应的标准。为了推动美国信息安全测评认证工作的开展，NSA 和 NIST 于 1997 年共同组建了美国国家信息保证联盟（NIAP），专门负责信息安全测试和评估。目前，由美国国家信息保证联盟（NIAP）批准加入通用准则评估与验证体系（CCEVS）的测试实验室有：Arca 系统实验室、BAH 实验室、CoAct 公司、计算机科学公司、Cygnacom 方案公司、SAI（科学应用国际公司）等。

为了更好地促进测评工作的标准化和规范化，NIST 制定了包括信息系统安全认证认可、安全测评、风险评估等方面的 NIST SP 800 系列技术指南。美国国防部（DOD）于 1985 年发布了著名的可信计算机系统评估准则（TCSEC），也称为橘皮书。后来 DOD 又发布了可信数据库解释（TDI）、可信网络解释（TNI）等一系列相关的说明和指南，为计算机系统的安全测评工作提供了重要的参考和指导。

2. 英国

英国的信息安全测评与认证制度是 1991 年由掌管电子情报的英国通信电子安全局（CESG）与主管产业标准化工作的贸易与工业部（DTI）共同建立的。英国通信电子安全局（CESG）负责管理和运行英国的信息安全测评与认证制度。英国目前批准的商业性评估机构分别是：SiVenture、EDS Ltd.、Logica UK Ltd.、BT Syntegra、IBM Global Services。

英国在安全测评领域开展了大量工作，由英国标准协会（BSI）制定的信息安全管理标准"BS7799-1:1999 信息安全管理实施细则"和"BS7799-2:2002 信息安全管理体系规范"目前已经成为国际标准，被纳入到 27000 系列标准中。另外英国也开发出了相应的风险评估工具或软件，例如英国 CCTA 遵循 BS7799 开发了 CRAMM 风险评估工具；英国 C&A 系统安全公司推出了由一系列风险分析、咨询和安全评价工具组成的 COBRA 工具。

3. 德国

1991 年，德国开始依据《信息技术安全评估准则》（ITSEC）开展评估与认证，从 1999 年国际标准《信息技术安全性评估准则》(ISO/IEC 15408，即众所周知的 CC 标准) 正式发布起，也同时开展依据该标准的评估与认证。

德国信息安全局 (GISA) 负责管理和运行德国的信息安全测评与认证制度。目前已认可了十余家商业性公司作为评估机构，例如 Atsec information security GmbH Prüfstelle für IT-Sicherheit；Atos Origin GmbH Prüfstelle für IT-Sicherheit；CSC Ploenzke AG 等。

4．法国

法国采用两种测评标准及方法并存的方式进行信息安全测评认证:《信息技术安全评估准则》(ITSEC) 和《信息技术安全性评估准则》(ISO/IEC 15408，即 CC 标准)。1995 年开始依据 ITSEC 进行信息安全评估和认证，从 1999 年 CC 国际标准正式发布起，同时依据该标准进行评估和认证。

法国信息系统安全局 (SCSSI) 负责管理和运行法国的信息安全测评认证体系。法国的信息安全测评认证体系建于 1995 年 9 月，认证工作由法国情报部门管理。

5．加拿大

加拿大从 1989 年开始依据《可信计算机系统评估准则》(TCSEC) 进行评估，1993 年至 1998 年依据本国制定的《加拿大可信计算机产品评估准则》(CTCPEC) 进行评估，从 1998 年至今则依据 CC 标准开展评估。

加拿大通信安全局 (CSE) 负责管理和运行加拿大的信息安全测评认证体系。

6．澳大利亚

澳大利亚从 1994 年 9 月到 1997 年 8 月主要依据 ITSEC 进行评估和认证，从 1998 年 6 月至今，向基于 CC 标准的评估和认证过渡。澳大利亚的测评认证体系正在逐步成熟。

澳大利亚国防情报总局（DSD）负责管理和运行澳大利亚的信息安全测评认证体系。澳大利亚目前有两个授权的信息安全测评机构：LogicaCMG、CSC。

7. 日本

日本 IT 战略本部为确保电子政务实施的安全，于 2001 年 10 月公布了《确保电子政务实施过程中的信息安全行动方案》，该方案包括以下内容：制定有效的信息安全政策，推进密码标准化，建立信息系统监视机制，建立完善紧急应对机制，公务员要掌握一定的网络安全知识和相关技术，加强网络安全相关软件的开发，确保技术开发的时效性和有效性。建立了电子商务的安全管理机制，依据国际通用的测评认证标准，建立与国际标准接轨的评估、认证体系。2004 年，日本信息安全促进机构制定了政府部门及相关机构的《信息安全标准》。2005 年 4 月 25 日，日本成立了"国家信息安全中心"，隶属于信息技术安全局。

日本在风险管理方面综合采用美国和英国的做法，建立了安全管理系统的评估制度（ISMS），并将其作为日本标准（JIS），在执行过程中采用了美国的做法。

8. 国际组织

在全球一体化、经济全球化的进程下，国际组织扮演的角色日益重要，它们在信息安全领域也发挥着企业、商业和行业上的自律和规范作用，其中国际标准化组织（ISO）和国际电信联盟（ITU）尤为值得关注。

ISO 从最早的《IT 安全管理指南》（ISO/IEC 13335）到 ISO/IEC 17799，再到现在推行的 ISO/IEC 27000 系列，从过去的 SSE-CMM《信息安全工程能力成熟度模型》（ISO/IEC 21827:2002）到 CC（ISO/IEC 15408《信息技术安全性评估准则》），ISO 一直是治理信息安全的国际规范化组织。

ITU 在安全体系和框架方面维护 X.8xx 系列标准。在信息安全管理方面发布了《ITU-TX.1051 信息安全管理系统——通信需求（ISMS-T）》；在安全通信业务方面主要集中在移动通信安全、P2P 安全认证、Web 服务安全等，发布了标准《移动端到端数据通信安全技术框架》（ITU-TX.1121）和《基于 PKI 实施安全移动系统指南》（ITU-TX.1121）。尽管其中有些标准未明确提及安全风险和风险评估，但均体现了这样的思想。

8.3 我国主要的信息安全测评认证机构

1．中国信息安全认证中心

中国信息安全认证中心是经中央编制委员会批准成立，由国务院信息化工作办公室、国家认证认可监督管理委员会等八部委授权，依据国家有关强制性产品认证、信息安全管理的法律法规，负责实施信息安全认证的专门机构。中国信息安全认证中心为国家质检总局直属事业单位。

中国信息安全认证中心的主要业务是依据国家信息安全管理的法律法规、《认证认可条例》及实施规则，在指定的业务范围内，对信息安全产品实施认证，并开展信息安全有关的管理体系认证和人员培训、技术研发等工作。具体包括：

（1）在信息安全领域开展产品、管理体系等认证工作；

（2）对认证及与认证有关的检测、检查、评价人员进行认证标准、程序及相关要求的培训；

（3）对提供信息安全服务的机构、人员进行资质培训、注册；

（4）开展信息安全认证、检测技术研究工作；

（5）依据法律、法规及授权从事其他相关工作。

2．中国信息安全测评中心

中国信息安全测评中心（以下简称测评中心）是我国专门从事信息技术安全测试和风险评估的权威机构。测评中心的主要职能包括：负责信息技术产品和系统的安全漏洞分析与信息通报；负责党政机关信息网络、重要信息系统的安全风险评估；开展信息技术产品、系统和工程建设的安全性测试与评估；开展信息安全服务和专业人员的能力评估与资质审核；从事信息安全测试评估的理论研究、技术研发、标准研制等。

测评中心是国家信息安全保障体系中的重要基础设施之一，在国家专项支持下，建成国内一流的信息安全漏洞分析资源和测试评估技术装备；建有漏洞基础研究、应用软件安全、产品安全检测、系统隐患分析和测评装备研发等多个专业性技术实验室；具有专门面向党政机关、基础信息网络和重要信息系统开展风险评估的国家专控队伍。

3．中国人民解放军信息安全测评认证中心

中国人民解放军信息安全测评认证中心（以下简称中心）是负责对军用信息设备、信息安全保密防护产品的安全保密性能及质量进行检测、评估、认证的技术监督机构。《中国人民解放军计算机信息系统安全保密规定》明确规定，用于军队计算机信息系统的安全保密产品，必须经解放军信息安全测评认证中心测评认证。

中心的主要职责是：对进入军队系统的信息设备、信息安全保密防护产品的安全保密性能及质量进行检测、评估和认证；向军队推荐符合安全保密要求的信息设备和信息安全保密防护产品。

4．公安部计算机信息系统安全产品质量监督检验中心

公安部计算机信息系统安全产品质量监督检验中心于 1997 年下半年开始筹建，于1998 年 7 月 6 日通过国家技术监督局的计量认证和公安部审查认可，成为

国家法定的检测机构；并于 2001 年 4 月 28 日经中国实验室国家认可委员会评定，成为公安部第三研究所安全防范和计算机安全产品检验实验室，又于 2003 年 4 月通过了 CNAL/AC01:2002 换版的监督评审。

公安部计算机信息系统安全产品质量监督检验中心具有完善的测试环境、先进的检测软件和仪器设备，坚持公正性、科学性、权威性，目前主要承担国内计算机信息系统安全产品和同类进口产品的质量监督检验工作。所有在我国范围内销售的信息安全产品必须通过该中心的检测，取得"计算机信息系统安全专用产品销售许可证"后方可上市销售。

5. 公安部信息安全等级保护评估中心

公安部信息安全等级保护评估中心（以下简称评估中心）是由国家信息安全主管部门为建立信息安全等级保护制度，构建国家信息安全保障体系而专门批准成立的专业技术支撑机构。评估中心的主要任务：一是按照国家信息安全等级保护的要求，依据信息安全等级保护的相关标准和规范，为国家管理部门在推进信息安全等级保护工作过程中的监督、检查、指导等行政执法工作提供专业技术支持；二是对国家基础网络和重点信息系统的安全保护状况进行权威测评并提出改进建议；三是作为国家实行信息安全等级保护制度的骨干技术支撑单位，负责全国信息安全等级测评体系和技术支撑体系建设的技术管理及技术指导。

评估中心作为依照国家标准（CNAL/AC01:2005）和国家信息安全主管部门授权建立的专业技术机构，相继获得了中国实验室国家认可委员会（CNAL）的实验室认可证书（L0653）及中国国家认证认可监督管理委员会颁发的计量认证合格证书（L2407）。

6. 计算机病毒防治产品检验中心（国家计算机病毒应急处理中心）

计算机病毒防治产品检验中心（以下简称检验中心）是在通过中国考核合格检验实验室的认定，并取得国家技术监督局颁发的《中华人民共和国产品质量监督检验中心授权证书》和《质量认证合格证》两项证书后，于 1996 年 12 月 26 日正式成立的，是目前我国计算机病毒防治领域唯一获得公安部批准的病毒防治产品检验机构。

为了完成计算机病毒防治产品的检验任务，检验中心共收集各种病毒几万种。通过分析，选出危害性比较大、在国内流行的病毒样本，建立了中国计算机病毒样本库。这是目前我国最具权威性的计算机病毒样本库，并将随着计算机病毒流行趋势和防治产品的发展而不断扩充。

2000 年 4 月 26 日颁布并实施了公安部第 51 号令《计算机病毒防治管理办法》。检验中心工作是实施《计算机病毒防治管理办法》工作中不可缺少的重要环节，是贯彻执行《计算机病毒管理办法》的技术支持认定部门，是公安部计算机病毒疫情预告组成部分。

7. 国家保密局涉密信息系统安全保密测评中心和国家保密局电磁泄漏发射防护产品检测中心

国家保密局涉密信息系统安全保密测评中心和国家保密局电磁泄漏发射防护产品检测中心是由国家保密局主管，经中央机构编制委员会办公室批复成立的，并已通过中国合格评定国家认可委员会的实验室认可（No.L2511）和检查机构认可（No.I0059）。

为保证在技术上具有先进性、权威性和科学性，国家保密局成立了专家委员会，为两个中心提供技术咨询和指导。两个中心依据国家保密标准和规范，对用于涉密信息系统的安全保密产品和电磁泄漏发射防护产品进行检测，通过检测的产品经国家保密局审核批准后，发给《涉密信息系统产品检测证书》或《电磁泄漏发射防护产品检测证书》，并列入国家保密局批准的在涉密信息系统中使用的产品目录。

国家保密局涉密信息系统安全保密测评中心的业务范围还包括依据有关国家保密标准对涉密信息系统进行安全保密测评。涉密信息系统测评是依据国家保密标准，从风险管理角度，运用科学的分析方法和手段，分析涉密信息系统所面临的威胁及其存在的脆弱性，提出有针对性的防护对策和整改措施，为防范和化解涉密信息系统安全保密风险，保障涉密信息系统安全保密，提供科学依据。国家保密局涉密信息系统安全保密测评中心主要承担涉密信息系统审批前和运行后的系统测评工作。

8. 国家密码管理局商用密码检测中心

国家密码管理局商用密码检测中心已经建立起完善的密码检测环境和密码检测质量保障体系，并经过中国实验室国家认可委员会的严格评审，得到了中国实验室国家认可委员会的认可。国家密码管理局商用密码检测中心主要负责密码算法、密码系统、密码产品等专用商用密码技术和产品的检测，以及含有密码技术的信息技术和产品的检测。

8.4　主要的信息安全测评方法和规范

安全测试和评估是有效保证信息安全的前提条件，也是制定信息安全策略和措施的重要依据。由于信息安全问题直接影响到国家的安全利益和经济利益，西方各国都高度重视，并纷纷通过颁布标准、实行有效的测评认证制度等方式，对信息技术和信息安全产品实行严格、有效的管理与控制。各国政府均投入巨资，由国家主导，针对不同的信息安全需求和技术领域研发相应的测评技术、方法和工具，逐步建立起完善的信息安全测评认证体系，为保障本国的信息安全发挥了重要作用。

1. 国外信息安全测评方法和规范

美国在信息技术方面一直处于世界领先地位，并且是信息安全测评认证的发源地。早在 20 世纪 70 年代，美国政府就开始支持信息安全测评工作。1985 年，美国国防部（DOD）正式公布了《可信计算机系统评估准则》（TCSEC）。TCSEC 的初衷是针对操作系统的安全性进行评估，后来美国国防部又发布了《可信数据库解释》（TDI）、《可信网络解释》（TNI）等一系列相关的说明和指南。TCSEC 将信息安全等级分为 4 类，从低到高分别为 D、C、B、A，每类中又细分为多个等级。该准则是对以往信息安全研究及实践活动所积累的成果和经验的总结。

在此基础上，1991 年，英、法、德、荷西欧四国提出了《信息技术安全评估准则》（ITSEC）。与 TCSEC 相比，ITSEC 并不把保密措施直接与计算机功能相联系，而是只叙述技术安全的要求，把保密作为安全增强功能，并首次提出了信息安全的机密性、完整性、可用性概念，定义了从 E0 级～E6 级的 7 个安全等级。

20 世纪 90 年代以来，为适应更广泛的信息技术安全产品测评认证的需求，美国等西方六国又开始考虑制定新的信息安全评估准则，并于 20 世纪 90 年代末正式出台了《信息技术安全性评估准则》（简称通用准则 CC）。CC 的目的是建立一个各国都能接受的通用信息安全产品和系统的安全评估准则。该准则对安全的内容和级别做了更完整的规范，为用户对安全需求的选取提供了充分的灵活性。早期的评估准则如 TCSEC、CTCPEC 和 ITSEC 等都将信息系统的安全性分成不同的等级，并规定了不同等级应满足的安全要求。它们都不约而同地把评估的重点放在了静态的计算机系统上。通用准则已经成为信息安全评估领域的国际标准（ISO/IEC 15408）（我国已等同采用为国家标准，即 GB/T 18336）。

此外，1997 年美国国家安全局、国防部和加拿大通信安全局还联合提出了系统安全工程能力成熟度模型（SSE-CMM）。该模型既可用于对一个工程队伍能力的评定，又可用于一个工程队伍能力的自我改善，还可对一个安全系统或安全产品信任度进行测量和改善。然而，能力成熟性评定不能完全取代安全系统或产品的测试和认证。

在长期从事信息安全产品的测评认证工作中，美国政府特别重视测评标准和工具的研发工作。美国在通用准则 CC 研究之初即着手考虑将来如何按此准则进行测评的问题，并开发出一系列针对不同安全技术的信息安全产品测评工具。这使得美国在 CC 标准正式发布后，在信息安全测评领域中领先于其他西方国家，占据了主动地位。

其他西方国家迫于信息安全测评工作的需要，也纷纷投入大量的资源，开展以通用准则为依据的测评认证技术和工具的研发工作。就法国和德国而言，仅在智能卡安全性测评工具的研发方面，就投入了相当多的资金和人力，研发出了大量的智能卡专用测试方法和工具。

在信息系统评估方面，信息安全风险评估经历了一段很长时间的发展过程。风险评估的对象从通信系统、操作系统、网络系统发展到涵盖技术和管理的整个信息安全保障体系；风险评估的方面从单一的保密性发展到了包括机密性、完整性、可用性和可追究性等安全特性，以及它们的保障程度；风险评估模型从借鉴其他领域的模型发展到开发出适用于风险评估的专用模型；风险评估方法的定性分析和定量分析则不断被学者和安全分析人员完善和扩充。由于风险分析与评估作为在信息系统安全工程过程（ISSE）中的一个重要环节，在整个信息系统的生命周期中占有十分重要的作用，关系到信息系统安全建设的成败。所以，对信息安全风险分析与评估方法的研究吸引了世界各国政府、相关研究机构及学者的兴趣，已经产生了一些研究成果，很多机构也已经开展了风险分析与评估业务。

1979 年，美国国家标准技术研究所（NIST）发布了 FIPS65——自动数据处理风险分析指南。该指南为大型数据处理中心设置了风险评估标准，并提出了一种新的衡量计算机风险的尺度——年损失期望（ALE）。

1997 年，NIST 和国家安全局（NSA）共同组建了国家信息保证联盟（NIAP），专门负责信息安全测试和评估。NIST 制定了包括信息系统安全认证认可、安全测评、风险评估等方面的 NIST SP 800 系列技术指南。该系列指南定义了总体的信息系统安全框架：新建或再建的信息系统必须实施定期的风险评估（SP 800-30），以分析信息系统面临的威胁、信息系统存在的脆弱性、信息系统可能遇到的安全事件损失及由此导致的风险；随后，应根据风险评估中确定的信息系统在机密性、完整性和可用性方面存在的风险，确定信息系统的安全类别和等级（FIPS 199）；针对信息系统的安全类别和等级，将为其选择有效的安全控制（SP 800-53），以实现合适的安全等级（SP 800-60）。此后，应定期通过安全测试和评估来衡量信息系统中安全控制的有效性，即信息系统安全认证工作（SP 800-37）；最终，基于安全控制的有效性和残余风险值，由联邦机构的高级官员决定是否授权信息系统投入运行，上述过程是动态的，并需要定期重复。

1998 年，NSA 制定了《信息保障技术框架》（IATF），2002 年 9 月发布 3.1 版本，提出了"纵深防御策略"，确定了包括网络与基础设施防御、区域边界防御、计算环境防御和支撑性基础设施的纵深防御目标。

2000 年 8 月，NIST 发布了《信息系统安全自评估指南》（SP 800-26），从本质上讲，这是一种定性的风险评估方法。主要通过调查问卷对系统进行分析（包括系统边界识别和资产敏感度评价等），然后对结果进行分析，并给出相应的管理控制措施、运行控制措施和技术控制措施。

2000 年 11 月，在 NIST SP 800-26 的基础上，美国首席信息官委员会（CIO Council）联合美国审计总署（GAO）提出了联邦信息技术安全评估体系，该体系从五个层次来评估机构的安全状态，并帮助机构制定改善措施的优先次序，从而为美国各机构进行风险分析与评估提供指导。

2001 年 6 月，Carnegie Mellon 大学软件工程研究所开发了 OCTAVE（Operationally Critical Threat，Asset and Vulnerability Evaluation）方法操作指南（2.0 版），提供了对组织信息系统进行自评的方法。它定义了一个资产驱动的、全面的、

自定向的安全风险评估方法，该评估方法适用于大型机构的复杂信息系统的风险评估。

除美国以外，其他西方国家也进行了大量与风险评估相关的工作。1996 年 1 月，加拿大通信安全局（CSE）出资开发了信息技术风险评估和保护措施选择指南，目的是对信息系统全生命周期内的风险评估和保护措施选择过程提供指导。在此基础上，于 1999 年 10 月发布了威胁和风险评估工作指南。在加拿大，威胁和风险评估指南的制定依据了政府安全策略（GSP），与信息系统安全风险管理指南和信息系统认证与认可指南一起，构成了保障信息系统安全的整体。

英国政府 1995 年提出了信息系统安全管理标准 BS 7799，目前，"BS7799-1:1999 信息安全管理实施细则" 和 "BS7799-2:2002 信息安全管理体系规范" 已经成为国际标准，被纳入到 27000 系列标准中。这些标准的实施均是建立在风险分析和评估的基础上。澳大利亚和新西兰也联合开发了信息安全风险评估标准 AS/NZS 4360。

许多国家为信息安全风险评估标准的工程实施开发了相应的风险评估工具，将风险评估工程的指导模型、工作流程、评估方法、文档模板、测评工具和安全数据等方面进行规范化和自动化。从基本方法角度看，有基于专家系统的风险评估工具，如 COBRA（Consultative, Objective and Bi-functional Risk Analysis）、@RISK、BDSS（The Bayesian Decision Support System）等；有基于过程式算法的风险评估工具，如 CRAMM（CCTA Risk Analysis and Management Method）、RA 等。从量化程度看，有定性的风险评估工具，如 CONTROL-IT、Definitive Scenario、JANBER 等；有半定量（定性与定量结合）的风险评估工具，如 COBRA、@RISK、BDSS、The Buddy System、RiskCALC、CORA（Cost-of-Risk Analysis）等；目前还没有完全定量的风险评估工具。表 8.1 给出了目前国际上影响较大的几种风险评估工具的比较。

表 8.1　典型风险评估工具对比

评 估 工 具	COBRA	@RISK	BDSS	CRAMM	RA
组织/国家	英国	Palisade/美国	The Integrated Risk Managemt Group/美国	CCTA/英国	BSI/英国
体系结构	客户机/服务器	单机版	单机版	单机版	单机版
基本方法	专家系统	专家系统	专家系统	过程式算法	过程式算法
定性/定量	定性/定量结合	定性/定量结合	定性/定量结合	定性/定量结合	定性/定量结合
数据采集形式	调查文件	调查文件	调查问卷	过程	过程
评估人员要求	无需专业知识	无需专业知识	无需专业知识	需知识与经验	需知识与经验
结果输出形式	风险等级与控制措施	决策支持信息	安全防护措施列表	风险等级与控制措施（基于 BS 7799）	风险等级与控制措施（基于 BS 7799）

2. 国内信息安全测评方法和规范

我国由于信息化建设起步较晚，还没有开发出成熟的信息安全测评方法。在信息安全建设过程中，广泛借鉴了国外现有的方法，积累了一定的经验，也有少量的安全分析工具出现。近年来，我国围绕信息安全测评的标准、法规、技术以及试点等方面开展了大量工作。

在标准法规方面，我国陆续发布了《信息安全技术　防火墙技术要求和测试评价方法》（GB/T 20281—2006）、《信息安全技术　网络脆弱性扫描产品测试评价方法》（GB/T 20280—2006）、《信息安全技术　网络和终端设备隔离部件测试评价方法》（GB/T 20277—2006）、《信息安全技术　入侵检测系统技术要求和测试评价方法》（GB/T 20275—2006）等一系列标准，为开展面向信息安全产品的测评工作提供了基本依据。同时，为更好地推动针对信息系统的风险评估工作的开展，我国于 2007 年正式发布国家标准《信息安全风险评估规范》（GB/T 20984—2007），该标准规定了风险评估的基本概念、要素关系、分析原理、实施流程和评估方法，以及风险评估在信息系统生命周期不同阶段的实施要点和工作形式。另外，围绕我国目前正在大力推行的信息安全等级保护制度，主管部门陆续颁布了一系列政策、法规和标准，其中涉及等级保护中的测评工作，目前主要是根据已发布的国家标准《计算机信息系统安全保护等级划分准则》（GB 17859—1999）、《信息系统安全等级保护基本要求》（GB/T 22239—2008），采取访谈、检查、测试的手段开展测评工作，有关等级测评的国家标准目前正在审批过程中，尚未正式发布。

在测评技术方面，国内多家信息安全检测机构与其他研究单位在测试评估技术和工具研发领域投入了大量的精力，研制了许多测试评估工具，有的已经相继投入到实际的测试评估工作中，包括密码产品测试工具、操作系统安全性测试工具、信息安全产品测试评估工具、系统交易处理性能测试系统。在信息系统风险评估方面，很多信息安全服务公司积极跟踪国外信息安全风险评估方面的标准和最新研究成果，并积累了一定的实践经验。目前，国内针对安全测评的关键技术研发工作主要集中在自动化安全测评技术、安全量化测评技术、风险要素关联分析技术等方面。

在工作推进方面，国务院信息办自 2003 年 7 月起，开展了信息安全风险评估的调研工作。在调查研究的基础上，2005 年 2 月起，开始组织在北京市、上海市、云南省、人民银行、税务总局、国家电网公司、国家信息中心等地方和单位开展信息安全风险评估的试点工作，并取得了宝贵的经验。

信息系统安全测评工作不仅涉及政策、法规和标准，同时还与系统安全评估体系以及测评模型、方法、技术和工具有直接的关系。目前国内尚未形成针对产品和信息系统进行安全测评所需的完整测评体系。如何在评估标准的指导下更好地实施信息安全测评工作，仍然是我们面临的重要课题。

第 9 章
信息安全的导航仪
——信息安全管理

9.1　信息安全管理的目的和作用

"管理是什么？"是每个初学管理的人首先需要理解和明白的问题，这个问题涉及管理的定义。管理已经深入到我们生活中的方方面面，国家、组织、企业、部门等各个层次的管理对象都需要实施与之相匹配的管理，才能有效地达到管理对象的目标。我们来看几个例子：国家按照不同的职能将政府部门划分为教育部、民政部、工业与信息化部、公安部等一系列部委机关，制定相应的法律和规章制度，以实现全国范围内的有效管理；学校按照不同的学科，设立数学、语文、英语、物理、历史等一系列教研室，制订不同的教学计划，并统筹安排教学资源，以实现教学工作的有效管理，帮助学生实现全面发展。

管理学可以应用到各种人类活动中，它被称为一门"综合艺术"。被誉为"现代管理之父"的彼得·德鲁克在《新现实》一书中对此进行了解释，"管理被人们称为是一门综合艺术——'综合'是因为管理涉及基本原理、自我认知、智慧和领导力；'艺术'是因为管理是实践和应用"。

我们可以把信息安全工作看作是人们为了保护信息和信息系统的安全性而从事的一系列活动，这些活动包括制订安全计划、部署安全产品、执行安全制度等。如何能够将这些活动有效地组织起来，实现整体的安全保障目标？这正是信息安全管理的职责所在。**通过有效的管理，能够保证各项安全工作按照统一的部署来逐步开展，充分发挥安全产品的效果，实现安全资源的统筹使用，真正提高信息安全保障水平。**

2003 年发布的《国家信息化领导小组关于加强信息安全保障工作的意见》提出了"立足国情，以我为主，坚持技术管理并重"的要求，正确地指出了信息安全管理体系是信息安全保障体系建设的重要组成部分。近年来陆续推动的风险评估、等级保护等一系列信息安全制度，从国家层面来看都是一种"管理体系"的体现，通过国家、行业、地区、企事业单位等各个层面的推动，建立起自上而下的信息安全管理体系，实现全国范围内信息系统的安全保障。

 ## 9.2 我国主要的信息安全管理机构

美国在信息安全方面涉及多个管理机构，包括国家安全局（NSA）、国土安全部（DHS）、国防部（DOD）等。2009 年 5 月，现任美国总统奥巴马表示，网络空间以及它带来的威胁都是真实的，保护网络基础设施将是维护美国国家安全的第一要务，因此美国将设立白宫网络安全办公室，其负责人将协调相关国家机构制定出美国的网络安全政策，并向国家安全委员会和国家经济委员会汇报工作。

由于信息安全问题涉及方方面面，我国的信息安全管理工作也是由多个部委分工合作、共同实施的。下面简要介绍我国主要的信息安全管理机构。

1. 国务院信息化工作办公室

2001 年 8 月，为了进一步加强对推进中国信息化建设和维护国家信息安全工作的领导，中共中央、国务院决定重新组建国家信息化领导小组。2001 年，朱镕基担任领导小组组长，胡锦涛、李岚清、丁关根、吴邦国、曾培炎担任国家信息化领导小组副组长。领导小组成员包括国务院有关部门的主要负责人。

国务院信息化工作办公室（简称"国信办"）是国家信息化领导小组的办事机构，具体承担领导小组的日常工作。国信办具有协调国务院相关部委的职能，应该说它起到的是组织贯彻落实国家关于信息化工作的方针政策，开展对一些领域的信息化和信息安全等重大问题的调查研究，并向国家信息化领导小组提出政策建议的重要作用。国信办还具有督促检查并协调推进国家信息化领导小组决议的执行，研究国家信息化的协调机制的职能。

国家信息化领导小组是整个国家信息化工作的核心，而国信办则具有组织有关部门研究中国信息化发展战略规划，协调推进国家信息化建设和计算机网络与信息安全管理工作中的法规、标准及相关政策的起草工作，组织协调国家信息安全保障体系的建立的职能。国信办在国家信息化领域可以在工作上对包括国家发改委、信息产业部、广电总局、国家统计局、技术监督总局等涉及信息化领域的部委进行协调。2008年国务院机构调整，将国信办并入新组建的工业和信息化部。

2．公安部和各级公安机关

公安部主管全国计算机信息系统安全保护工作，各级公安机关信息网络安全监察部门负责监督管理计算机信息系统的安全保护工作，重点维护国家事务、经济建设、国防建设、尖端科学技术等重要领域的计算机信息系统的安全。公安机关对计算机信息系统安全保护工作行使下列监督职权：

（1）监督、检查、指导计算机信息系统安全保护工作；

（2）负责行政区域内的计算机病毒防治管理工作；

（3）负责计算机信息系统安全专用产品销售许可证的监督检查工作；

（4）查处危害计算机信息系统安全的违法犯罪案件；

（5）履行计算机信息系统安全保护工作的其他监督管理职责。

3．工业与信息化部

工业与信息化部是在2008年国务院机构调整时新成立的部委。主要承担之前由信息产业部、国信办、国防科工委承担的职责。根据第十一届全国人民代表大会第一次会议批准的国务院机构改革方案和《国务院关于机构设置的通知》（国发[2008]11号），工业与信息化部在信息安全方面承担的职责是："承担通信网络安全及相关信息安全管理的责任，负责协调维护国家信息安全和国家信息安全保障体系建设，指导监督政府部门、重点行业的重要信息系统与基础信息网络的安全保障工作，协调处理网络与信息安全的重大事件。"

工业与信息化部设有通信保障局，负责组织研究国家通信网络及相关信息安全问题并提出政策措施；协调管理电信网、互联网网络信息安全平台；组织开展网络环境和信息治理，配合处理网上有害信息；拟订电信网络安全防护政策并组织实施；负责网络安全应急管理和处置；负责特殊通信管理，拟订通信管制和网络管制政策措施；管理党政专用通信工作。信息安全协调司则负责协调国家信息安全保障体系建设；协调推进信息安全等级保护等基础性工作；指导监督政府部门、重点行业的重要信息系统与基础信息网络的安全保障工作；承担信息安全应急协调工作，协调处理重大事件。

4. 国家保密工作部门

国家保密工作部门主管全国保守国家秘密的工作。县级以上地方各级保密工作部门在其职权范围内，主管本行政区域保守国家秘密的工作。中央国家机关在其职权范围内，主管或者指导本系统保守国家秘密的工作。在信息安全管理方面，国家保密局主要负责涉密信息、安全保密产品和涉密信息系统的监督、检查和指导工作。

5. 国家密码管理局

国家密码管理局的主要职责是负责核心密码、普通密码和商用密码的管理工作，负责监督、检查和指导密码技术的应用开发、密码设备管理、应急通信等工作。

9.3　风险评估的流程

信息系统的安全风险，是指由于系统存在的脆弱性，人为或自然的威胁导致安全事件发生的可能性及其造成的影响。

信息安全风险评估（以下简称"风险评估"），则是指依据国家有关信息安全技术标准，对信息系统及由其处理、传输和存储的信息的保密性、完整性和可用性等安全属性进行科学评价的过程。评估信息系统的脆弱性、信息系统面临的威胁以及脆弱性被威胁源利用后所产生的实际负面影响，并根据安全事件发生的可能性和负面影响的程度来识别信息系统的安全风险。

风险管理是一种动态安全保障的思路，由于信息安全问题贯穿于信息资产和信息系统的整个生命周期，在此期间信息资产和信息系统将会遭受到包括内部破坏、外部攻击、内外勾结进行的破坏以及自然危害等在内的安全威胁。按照风险管理的思想，首先通过风险识别和风险评估判断系统面临的安全风险及其威胁程度，依据评估对象的安全保护需求和脆弱性状况，采取合适的安全措施，消除或缓解风险，从而达到有效控制系统风险的目的。

风险评估是风险管理的重要环节，只有在正确、全面地了解和理解安全风险后，才能决定如何处理安全风险，从而在信息安全的投资、信息安全措施的选择、信息安全保障体系的建设等问题中作出合理的决策。

完整的风险评估过程如图 9.1 所示，包括以下 9 个步骤。

步骤 1：体系特征描述。负责总结目标系统的体系特征、业务特点、安全要求和资产状况。

步骤 2：识别威胁。负责根据目标系统遭受攻击的历史、目标系统的体系特征和来自信息咨询机构或安全组织的数据，结合目标系统的相关信息，确定目标系统资产面临的潜在威胁，列出可能的威胁。

步骤 3：识别脆弱性。主要负责以资产为核心，针对每一项需要保护的资产，识别可能被威胁利用的脆弱性，并对脆弱性的严重程度进行评估。

步骤 4：分析安全措施。分析安全措施与识别脆弱性存在一定的联系。一般来说，安全措施的使用将减少系统技术或管理上的脆弱性，但分析安全措施通常并不需要像识别脆弱性步骤那样具体到每个资产、组件的脆弱性，而是一类具体措施的集合，为风险处理计划的制定提供参考。

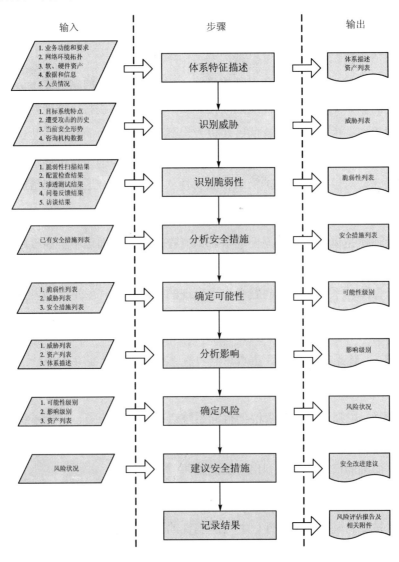

图 9.1　完整的风险评估过程

步骤 5：确定可能性。 根据威胁及威胁利用脆弱性的难易程度判断安全事件发生的可能性。

步骤 6：分析影响。 根据脆弱性的严重程度及安全事件所作用的资产的价值，计算安全事件可能造成的损失。

步骤 7：确定风险。 根据安全事件发生的可能性以及安全事件出现后的损失，计算安全事件一旦发生对组织产生的影响，即风险值。

步骤 8：建议安全措施。 针对目标系统提出可用来控制已识别出的风险的安全措施。

步骤 9：记录结果。 一旦风险评估过程全部结束（威胁和脆弱性已经被识别出来，风险也得到了评估，安全措施建议也已经提出），该过程的结果应该被记录到正式的报告里。

9.4　等级保护的灵魂

等级保护是我国信息安全的基本制度，是我国重要信息系统和基础信息网络信息安全保障工作常态化的工作体系。

等级保护的思想起源于美国国防部 1985 年发布的《可信计算机系统评估准则》（TCSEC）。TCSEC 将信息安全等级分为 4 类，从低到高分别为 D、C、B、A，每类中又细分为多个等级。我国将这种分等级测评的思想扩展到了管理层面，提出将计算机信息系统按照其重要程度划分为多个等级进行管理。

我国的等级保护政策始于 1994 年发布的《中华人民共和国计算机信息系统安全保护条例》（国务院第 147 号令），其中明确提出了"计算机信息系统实行安全等级保护"。之后于 1999 年发布了国家强制标准《计算机信息系统安全保护等级划分准则》（GB 17859—1999）。

等级保护工作推动取得突破性进展的标志是 2003 年发布的《国家信息化领导小组关于加强信息安全保障工作的意见》（中办发[2003]27 号）、2004 年发布的《关于信息安全等级保护的实施意见》（公通字[2004]66 号），以及 2007 年发布的《信息安全等级保护管理办法》（公通字[2007]43 号），确立了等级保护作为国家信息安全保障的基本制度。随后，国家相关部门又陆续发布了一系列政策性文件、标准和规范，大力推动信息安全等级保护的开展。

由于信息化发展的不同阶段和不同的信息系统存在不同的安全需求，因此必须从实际出发，综合平衡安全成本和风险，优化信息安全资源的配置，确保重点。等级保护制度是从国家的视角，依据信息系统被破坏后，对国家安全、社会秩序和公共利益造成的影响程度来划分系统的安全等级。等级保护制度充分体现了信息安全的国家意志。在我国目前的情况下，等级化保护是一种有效的解决方法，可以优化资源配置，确保重要系统得到重点保护。

目前，我国针对等级保护工作的具体实施，已经颁布了一系列的标准和规范，包括用于指导系统定级的《信息系统安全等级保护定级指南》（GB/T 22240—2008）、用于确定等级划分依据的《计算机信息系统安全等级划分准则》（GB 17859—1999）、用于明确各级信息系统应达到要求的《信息系统安全等级保护基本要求》（GB/T 22239—2008）、用于明确信息系统中各类对象应达到要求的《信息安全技术　信息系统通用安全技术要求》（GB/T 20271—2006）、《信息安全技术　操作系统安全技术要求》（GB/T 20272—2006）、《信息安全技术　数据库管理系统安全技术要求》（GB/T 20273—2006）等，其他一些如指导如何进行等级测评、如何实施等级保护工作的相关标准规范也正在制定或审批过程中，在不久的将来将会陆续颁布，成为各单位开展等级保护工作的依据。

我国信息化工作起步较晚，信息安全的技术和管理水平明显落后于西方发达国家，而等级保护制度是有中国特色的信息安全保障体系，可借鉴的成果和经验较少。在信息安全工作已经提升至国家安全层面的今天，等级保护工作仍然任重而道远，需要我们统一思想，在技术和管理方面作出更多积极、有益的创新性尝试，共同推动这一关系到国家基础信息网络和重要信息系统安全性的工作。

9.5　我国主要的信息安全管理法规

我国已经制定了一些信息安全法律和规定，我们简称法规。这些法规有国家制定的，有分管部门制定的，也有行业制定的。这些位于不同层面的法规有着各自不同的侧重点。国家宪法从国家根本大法的高度规定了公民的基本权利和义务；国家安全法、保密法从国家安全、保守国家秘密的角度提出了法律要求；专利法、著作权法从保护知识产权的角度制定了法律约束；电信条例对于网络基础设施的建设、运行、安全、服务、利益给出了规定；计算机信息系统安全保护条例、商用密码管理条例则直接对信息安全提出了法规要求；标准化法、产品质量法的有关规定对于在信息安全领域制定和实施标准，保证产品质量有约束力；进一步加强互联网上网服务营业场所管理的通知、互联网信息服务管理办法等对于网络化公共服务提出了要求；全国人民代表大会常务委员会关于维护互联网安全的决定、1997 年修订的刑法则对行为规范的法律界限给出了明确的界定。信息安全等级保护工作的实施意见、信息安全等级保护管理办法等对我国推行等级保护制度提出了具体要求。

1. 国家法律

在我国现有的国家法律中，信息安全相关法律主要有：

（1）中华人民共和国保守国家秘密法　1988.09.05

（2）中华人民共和国标准化法　1988.12.29

（3）中华人民共和国产品质量法　2000.07.08

（4）中华人民共和国国家安全法　1993.02.22

（5）中华人民共和国电子签名法　2005.04.01

2．国家行政法规

在我国现有的国家行政法规中，信息安全相关行政法规主要有：

（1）国务院第 147 号令——《中华人民共和国计算机信息系统安全保护条例》
1994.02.18

（2）国务院第 273 号令——《商用密码管理条例》1999.10.07

（3）《中华人民共和国计算机信息网络国际联网管理暂行办法》（1996 年 2 月
1 日中华人民共和国国务院令第 195 号发布，根据 1997 年 5 月 20 日《国务院关
于修改[中华人民共和国计算机信息网络国际联网管理暂行规定]的决定》修正）

（4）《全国人民代表大会常务委员会关于维护互联网安全的决定》（2000 年 12
月 28 日，第九届全国人民代表大会常务委员会第十九次会议通过）

（5）《国家信息化领导小组关于加强信息安全保障工作的意见》（中办发
[2003]27 号），2003 年，中央办公厅、国务院办公厅转发

（6）《关于信息安全等级保护工作的实施意见》（2004 年 9 月 15 日，公安部、
国家保密局、国家密码管理局、国务院信息化工作办公室四部委共同颁布）

（7）国务院第 468 号令——《信息网络传播权保护条例》，2006 年 5 月 10 日
国务院第 135 次常务会议通过，2006 年 7 月 1 日起施行

（8）《信息安全等级保护管理办法》已于 2007 年 6 月 22 日，由公安部、国家
保密局、国家密码管理局、国务院信息化工作办公室等国家四部委制定完成并审
批通过，并自发布之日起施行。

参 考 文 献

[1] 赵战生，冯登国，戴英侠，荆继武. 信息安全技术浅谈. 北京：科学出版社，
    1999.

[2] 李长生，邹祁. 军事密码学. 上海：上海科技教育出版社，2001.

[3] 冯登国，裴定一. 密码学导引. 北京：科学出版社，1999.

[4] （英）卡曾贝塞，（英）佩蒂科勒斯著，吴秋新等译. 信息隐藏技术——隐写
    术与数字水印. 北京：人民邮电出版社，2001.

[5] F.L.Bauer.Decrypted Secrets—Methods and Maxims of Cryptology.Berlin，
    Germany:Springer-Verlag，1997.

[6] TEMPEST:A Signal Problem—The story of the discovery of various
    compromising radiations from communications and Comsec equipment，National
    Security Agency，2007.

[7] 崔屹. 键盘信息泄漏与防泄漏键盘设计. 单片机与嵌入式系统应用，2002，
    （7）：65-68.

[8] 王鑫便. 计算机视频信息泄漏的软防护. 硕士论文. 太原：太原理工大学，
    2006.

[9] 冯登国，赵险峰. 信息安全技术概论. 北京：电子工业出版社，2009.

[10] C.P.Pfleeger，S.L.Pfleeger 著，李毅超等译. 信息安全原理与应用. 北京：电
     子工业出版社，2004.

[11] 刘启原，刘怡. 数据库与信息系统的安全. 北京：科学出版社，2000.

[12] D.F.Ferraiolo, D.D.Kuhn, R.Chandramouli.Role-Based Access Control. Boston, MA, USA:Artech House，2003.

[13] 刘克龙，冯登国，石文昌. 安全操作系统原理与技术. 北京：科学出版社，2004.

[14] S.Castano，M.G.Fugini，G.Martella，P.Samarati. Database Security. New York，NY，USA:ACM Press，and Addison-Wesley Publishing Co.，1995.

[15] 程胜利，谈冉，熊文龙. 计算机病毒及其防治技术. 北京：清华大学出版社，2004.

[16] 冯登国. 网络安全原理与技术. 北京：科学出版社，2003.

[17] Doraswamy N.，Harkins D. IPSec：The New Security Standard for the Internet，Intranets and Virtual Private Networks. Prentice Hall，1999.

[18] 陈忠文. 信息安全标准与法律法规. 武汉：武汉大学出版社，2009.

[19] 戴宗坤. 信息安全法律法规与管理. 重庆：重庆大学出版社，2005.

[20] http://www.isccc.gov.cn/zxjs/zxjs/index.shtml.

[21] http://www.itsec.gov.cn/webportal/portal.po?UID=DWV1_WOUID_URL_175269.

[22] http://www.e-mil.com.cn/zzrz/20080120/122049.shtml.

[23] http://www.mctc.gov.cn/main.htm.

[24] http://www.cspec.gov.cn/Release/gywm-zxjj.aspx.

[25] http://www.antivirus-china.org.cn/organ/jigou.htm.

[26] http://www.isstec.org.cn/.

[27] （美）德鲁克著，齐若兰译．管理的实践．北京：机械工业出版社，2006．

[28] http：//www.miit.gov.cn/n11293472/n11459606/11606790.html．

[29] 黄月江．信息安全与保密．北京：国防工业出版社，1999．

反侵权盗版声明

电子工业出版社依法对本作品享有专有出版权。任何未经权利人书面许可，复制、销售或通过信息网络传播本作品的行为；歪曲、篡改、剽窃本作品的行为，均违反《中华人民共和国著作权法》，其行为人应承担相应的民事责任和行政责任，构成犯罪的，将被依法追究刑事责任。

为了维护市场秩序，保护权利人的合法权益，我社将依法查处和打击侵权盗版的单位和个人。欢迎社会各界人士积极举报侵权盗版行为，本社将奖励举报有功人员，并保证举报人的信息不被泄露。

举报电话：（010）88254396；（010）88258888

传　　真：（010）88254397

E-mail：　dbqq@phei.com.cn

通信地址：北京市万寿路 173 信箱

　　　　　电子工业出版社总编办公室

邮　　编：100036